GW00703165

Otro verano contigo

Otro verano contigo

TINTO DE VERANO 3

Elvira Lindo

AGUILAR

Torrelaguna, 60. 28043 Madrid
Teléfono 91 744 90 60
Telefax 91 744 90 93

- Aguilar, Altea, Taurus, Alfaguara, S. A.
  Beazley 3860. 1437 Buenos Aires
- Aguilar, Altea, Taurus, Alfaguara, S. A. de C. V.
  Avda. Universidad, 767, Col. del Valle,
  México, D.F. C. P. 03100
- Ediciones Santillana, S. A.
  Calle 80 Nº 10-23
  Bogotá, Colombia

Diseño de cubierta: Sol Pérez-Cotapos Ferrer
Ilustración de cubierta: *Big Red Smile*, 1995, de Alex Katz
© VEGAP, Madrid, 2003
Ilustraciones interiores: Enrique Flores

Primera edición: junio de 2003

ISBN: 84-03-09353-5
Depósito legal: M-20.052-2003
Impreso en España por Fernández Ciudad, S. L., (Madrid)
Printed in Spain

Para mis hermanos Inma,
Lolo y César

Índice

Prólogo

Me ocurre una cosa con estas historias. Cuando las estoy escribiendo, las disfruto, me río, también me pongo nerviosa porque las tengo que entregar a diario al periódico y hay veces que no se me ocurre nada, aunque en general, escribirlas me provoca siempre un subidón de adrenalina, pero digo que me ocurre una cosa paradójica, cuando las releo, como las he tenido que releer ahora para corregirlas, me provocan una cierta melancolía. Y analizando de dónde viene ese sentimiento tan ajeno al tono de estos «cuentos» creo que he encontrado el motivo. Estas páginas están llenas de tiempo presente. Son, sin haberlo pretendido, el diario disparatado de un verano, y en ellas se cuenta día a día, aún con exageración y con (algunas) mentiras, todos aquellos pequeños detalles que conforman la vida. En estos momentos, estas páginas, que fueron narradas en riguroso presente, se han llenado de pasado. De un pasado muy reciente, pero de un pasado. El verano es una época tan especial, tan distinta al resto de las estaciones, que todo lo que sucede en esa temporada se recuerda con un cierto velo de ensueño. El agua azul de la piscina, las cenas en el porche, la presencia de los hijos en casa, la cerveza que adormece, las siestas, la sensualidad y los olores de la vegetación estival que traen recuerdos siempre de la niñez, el calor cruel que provoca el sol en la cabeza. Ya en septiembre, cuando uno vuelve a la ciudad al piso de siempre, todo el verano se convierte inmediatamente en pasado, aquello que fue cotidiano se nos escapa de las manos con una rapidez que asusta, igual que se va el calor y vuelve el frío.

El humor siempre está lleno de melancolía. Quisiera que este libro tuviera las dos cosas: humor y melancolía. Que la risa estuviera provocada por la narración del presente nervioso que se cuenta, el presente de una familia cualquiera (bueno, reconozcámoslo, un poco especial) en su mes de veraneo, y la melancolía viniera de la certeza de que ese presente enseguida se nos irá de las manos, en cuanto tengamos que ponernos el primer jersey otoñal.

Estas historias fueron escritas con alegría. Espero saber contagiarla.

A veces viajamos

Empiezo de esta manera enigmática porque mi santo ha estado releyendo mi obra y dice que hay una constante: la queja machacona de que me tiene en el pueblo secuestrada. Así que el otro día, volviendo de Mallorca, me pidió que lo contara. También me advirtió de que no va a tener tanta manga ancha como solía, que si se quieren reír los lectores que se rían de su padre (o del tuyo, apuntó). Con lo cual este año no le podré hincar el diente a mi santito, porque lo tengo mayormente rebotao. «Me acusas», me decía en la puerta de embarque, «de que no te saco, y es radicalmente incierto y aquí está la prueba: yo te saco». Es que me da la risa floja, de verdad. Voy a meterme con él sólo un poquillo (por entretenerme), porque ¿qué sería de un Tinto de Verano (Tonta de Verano, dicen los niños) sin su chispilla de rencor familiar? Allá voy: qué diría cierta escritora si supiera que mi santo emplea eso del «yo la saco» que dicen los maridos con bermudas: «Este año la saco a la playa; anoche la saqué al cine; ¡y dice la tía que no la saco!». Y qué diría dicha escritora si me viera replicar como hacen las mujeres de esos maridos con bermudas: «Dice que me saca pero qué va; no me saca desde tiempos inmemoriales; ni me saca ni me mete».

La cosa es que mi santo quiere dejar claro que, a veces, viajamos. Lo decía, ya digo, en el aeropuerto, mientras nuestros hijos (que son cuatro o cinco) comían unas hamburguesas putrefactas en la cafetería y nosotros les cuidábamos sus mochilas muertos de hambre (somos ese tipo de padres modernos con su punto gilipollas).

—Qué morenos estamos —decía yo para animarnos un poco.

—Sí, pero una vez que nos hayamos duchado dos veces, el moreno va fuera —es que es de un pueblo interior y sigue siendo fiel a ciertas creencias vernáculas—. Qué bien lo hemos pasado, con nuestros niños...

—Estoy de niños hasta... —dije señalándome una parte de mi cuerpo— que si pudiera los facturaba ahora mismo a un país remoto.

—Lo dices con la boca pequeña. Ellos son nuestra alegría. Otros escritores no pueden decir lo mismo. Viven solos, sólo se ocupan de sí mismos y de su obra, ¿no es acaso insana tanta egolatría estéril?

—Pero un poco de egolatría estéril de vez en cuando...

Por el altavoz anunciaron que se abría nuestra puerta de embarque.

—Coño con los niños —dijo mi santo, que pasa del amor al odio—, qué falta de consideración, dirás que han pensado en que nosotros estamos aquí a dos velas. Esto es producto de la vida regalada y de la ESO. Anda, abre la caja de la ensaimada.

—¿Pues no decías que ellos eran nuestra alegría?

—Digo eso para autoconvencerme. ¿Quién nos metió en esta vida absurda, de dónde han salido tantos hijos? Porque aquí donde me ves, yo tengo un Marichalar (Álvaro) que lucha por salir al exterior. Hay algo en mí que sueña con ser ese tío soltero y sin compromiso que se cruza el Atlántico en moto, enfrentándose a los elementos y a la soledad.

—¿Y yo?

—Tú me esperas como una señora en la Estatua de la Libertad.

—Con Chencho.

—Y que nos dé Chencho una cena en el Cervantes de Nueva York, porque se ve que para que te den un homenaje te tienes que cruzar el Atlántico en moto —dijo comiéndose un cacho de ensaimada—. Pues menos mal que has comprado bollo.

—¿Ves? Y tú me decías: serás hortera.

—En el fondo —dijo soñador— lo bonito de viajar es volver, el mejor viaje es el que se hace con el dedo sobre el mapa y nada como la casa de uno.

La pera limonera

Yo voy al psiquiatra durante todo el invierno para que me prepare psicológicamente para este mes de verano en el campo, a fin de que no me ponga como una hiedra (y me suba por las paredes de mi mansión). Habrá quien no se lo crea. Me chupa un pie. Yo es que el campo lo aguanto mucho más cuando estoy medicada que a palo seco. Hay gente que esconde ese tipo de cosas como si fueran vergonzosas. No es mi caso, soy un poco como Carmina, que cada mes da una entrevista en profundidad para sincerarse. Aunque ella seguro que sacó un dinerillo cuando la trataron de la cabeza. Mi santo dice que mi tratamiento le sale por un huevo de la cara pero que es un dinero que paga muy a gusto y que no sólo pondría al psiquiatra en un altar, sino a la multinacional farmacéutica que fabrica unas pildorillas que me vuelven mucho más simpática. Será una felicidad falsa. Vale. Me chupa un pie. Mi amigo gay, que se lleva psicoanalizando diez años, me dijo que por qué no hacía psicoanálisis, que me vendría muy bien, dice que tengo una personalidad por un lado autodestructiva y por otro manipuladora y agresiva. No le mandé a la mierda porque es mi amigo y porque sé que la culpa la tiene el psicoanalista que le ha enseñado a sincerarse, pero, vamos, no me digan. Yo prefiero los psiquiatras, con su medicación, su bata, vaya, como que tratan un tipo de locura más seria. Es como ir al podólogo, pero en vez de hablar de los pies hablas de la cabeza. A mí no me va eso de que llegas, te tumbas y hablas y el otro se queda callao y tú largas y largas. Yo si me tumbo me duermo (cosa que a veces me reprocha mi santo), y para tumbarme y dormirme, sinceramente, me voy al Shiatsu, donde tengo el aliciente de que me toca un japonés. Aunque dice mi amigo que yo hablo tanto que a cualquier psiquiatra lo convierto en psicoanalista porque no dejo meter baza.

Tengo otro amigo. Éste, sorprendentemente, no es gay. «¿Y qué tipo de amigo es ese depravado?», me dijo mi santo (él no cree en la amistad entre sexos). Se quedó más tranquilo cuando le conté que mi amigo tenía un problemilla, vamos, no una cosa grave grave: es que es un poco impotente. No es que yo le hubiera puesto a prueba, entendámonos, es que mi amigo, que sabe de mi discreción, se sinceró. Y como está al tanto de mi tratamiento, me pidió el teléfono de mi psiquiatra, dice que había probado con un psicoanalista y que el psicoanalista le preguntó por su madre, y él dice que no se gasta el dinero para hablar de su madre, que él quiere resultados, o sea que se le levante este verano, y con un psicoanalista, dice mi amigo, se puede tirar tantos años hablando de la relación con su madre que cuando llegue a la problemática habrá pasado tanto tiempo que tendrá edad para tomar Viagra, es decir, que se le juntará su impotencia de toda la vida con la propia de la edad. Estará feo que yo lo diga, pero soy una persona generosa y el otro día entré en Internet a ver si encontraba algún remedio para mi amigo. Vi un sistema de bombeo con una pera que no me digas cómo te la enchufas al pene flácido y a fuerza de apretar la pera alcanzas una majestuosa erección. Si lo compras, te lo mandan a casa y todo. El caso es que mi amigo se ha ido de vacaciones y no sé cómo localizarlo, así que se lo digo a través de este artículo, por no hacerlo a través de los avisos de Radio Nacional, que parece que siempre ha ocurrido una desgracia. No creo que le moleste a la dirección del periódico. Al que le molestó fue a mi santo, que me pilló mirando la pera elevadora y se puso que, oyes, porque estoy medicada y todo me chupa un pie, que otra se hubiera vuelto a Madrid con un ahí te pudras.

El donante

Por la noche, mi santo y yo formamos una estampa encantadora: nos sentamos al fresco al lado del mítico manzano en nuestras viejas sillas de anea. El manzano tiene varias hojas y mide lo mismo que yo (cosa que según mi santo no es difícil), así que para ser más exactos, diría que nos sentamos al lado de un palo al que mi santo venera. Mi santo dice que es en esos momentos de quietud en el jardín cuando puede decir que toca la felicidad. Dice eso y luego no dice más. Se pone sus cascos, escucha *El anillo del Nibelungo* (aprovechando que ahora la están representando en el Festival de Bayreuth) y lee *Las vidas paralelas de Hitler y Stalin* (ole, qué alegría más grande). Mi santo cree en el matrimonio, dice que cuando te casas puedes mostrarte tal cual eres; dice que cuando vienen amigos por casa que es un coñazo porque tienes que darles conversación y compartir tu whisky de malta y que eso jode, y que sin embargo, conmigo la cosa es distinta porque puede comportarse como le sale de sus partes, o sea, que puede ponerse los cascos y oír a las tías gordas de la ópera y leerse sus tochos sin tener que estar hablando de cosas que, según mi santo, ya están dichas, porque según él todo lo que tiene que decirse un matrimonio se dice en los tres primeros años y luego hay tanta armonía que las palabras sobran y se produce una comunicación telepática. Debe de tener algo de razón porque hay veces que, por ejemplo, yo me digo a mí misma: «Voy a echar garbanzos a remojo para mañana», y cuando voy a la cocina allí que me lo encuentro poniendo dichos garbanzos en agua, o por ejemplo, otro ejemplo, a veces antes de dormirme me digo: «¿Habré cerrado la puerta del jardín?», entonces me incorporo sigilosamente y veo que él ya está levantado y me hace una seña como diciendo, ya voy yo. A mí no me gusta tener telepatía. Me gustaría hablar, como hacen los matrimonios que no han llegado a tener tanta armonía como nosotros.

La otra noche, harta de tal felicidad, le tiré las pilas del *discman*. Él pensó que habían sido los niños y les echó una bronca desproporcionada y yo, la verdad, me tuve que meter en el váter porque me dio una risa que casi me meo. Salimos al jardín y se tuvo que sentar sin *discman*, o sea, sólo con Hitler y Stalin. Lo que yo digo, porque falte Wagner tampoco es para deprimirse. Le dije (por sacar un tema): «¿De qué trata el libro?», y él me dijo: «Pues de Hitler y Stalin». Y pensó: «Que pareces tonta». Sé que lo pensó por la telepatía anteriormente citada.

Como no tenía ópera se puso a leer y a escuchar, como yo, la conversación que mantenían nuestros niños en la cama. Nosotros decimos «los niños» por cariño y por costumbre aunque si ustedes los tuvieran delante... Da miedo verlos. Hay uno concretamente que hay veces que viene a darte un beso y das instintivamente un paso atrás porque es desproporcionado (de grande).

Mi santo, al principio, no levantaba los ojos del libro pero la conversación de los niños se fue poniendo interesante y los dos, sin decirnos nada (la telepatía), cogimos nuestras sillas y las llevamos al lado de su ventana. Hablaban del futuro. Uno decía que quería ser periodista, no por vocación, aclaraba, sino porque papá dice que es una carrera absurda, en la que sales igual que entras y que se saca con la gorra.

Y el otro soltó, pues yo he pensado hacerme donante de esperma, creo que reúno condiciones. Se oyeron risas histéricas.

Nos acostamos en silencio. Yo sé muy bien que él estaba pensando que si los niños son tan groseros es porque tienen de quién aprender. Así que cuando él me hizo una caricia insinuante para reconciliarse yo me di media vuelta y pensé para mí: «¡Que te crees tú eso!».

Confianza ciega

Omar nos ha asegurado que, por un efecto supercientífico de la luz, cuando vivía en Guinea y le daba el sol, se volvía rubio. Pero Omar no quiere hablar de Guinea. Cuando le preguntas algo del país donde nació hace once años, se hace el loco. A Omar lo que de verdad le gusta en este mundo es Móstoles. El día que llegó a casa le preguntamos: «¿Qué, Omar, te gusta el campo?», y él nos contestó: «No me molesta, pero donde se ponga Móstoles...». A los diez minutos ya parecía que le conocíamos de siempre, porque no para de hablar. Omar se puso el bañador y se bañó con las niñas; nos gritaba desde la piscina: «Decidme la verdad, ¿a que parecemos tres concursantes de *Confianza ciega?*». A las dos horas de estar con él, mi santo y yo sentimos una cosa muy rara: Omar nos quiere más que nuestros propios hijos.

Él nos confiesa que ha salido a nosotros y que quiere ser escritor. Me pide un rato el ordenador porque dice que le ha venido una inspiración muy gorda y escribe con un dedo el cuento *La maldición del lobo*, y le pregunta a mi santo cómo sería en inglés. Mi santo le dice: «*The curse of the wolf*». Omar reflexiona: «Habrá que cambiarlo, ese título en América no vende». Sin haber salido de Móstoles desde que llegó de Guinea, Omar sabe lo que vende y lo que no vende. Por ejemplo, ve que mi santo escribe su diario y dice: «¡Este diario puede alcanzar un precio incalculable en el mercado!». Luego le pregunta si sale él, y mi santo le dice que en la última página, y se lo enseña para que Omar le crea.

Omar firma su cuento así: «Omar Arias, vuestro escritor», porque dice que igual los lectores se ríen de sus apellidos. Nos confiesa que se llama Omar Toorky Ndivo, pero lo de Omar Arias dice que vende más. Y se inventa una futura página web: www.omararias.com. Mi santo se tumba con él en el sofá a ver *El planeta de los simios 2*. Después de la película hacen un coloquio como los de Garci, pero en interesante. A Omar eso de que los monos al final ganen le parece indignante; mi santo intenta convencerlo de que es un final abierto, pero Omar dice que el mal cuerpo sólo se le pasará con una tercera parte que acabe como tienen que acabar las películas: bien.

Después de merendar pan con jamoncete («lo mejor del campo es el jamoncete»), se mete en la piscina a jugar un rato a *Los vigilantes de la playa*. Se va por lo hondo y, como no ha avisado de que no sabe nadar, lo descubrimos braceando desesperadamente y lo sacamos en brazos. A partir de ese momento dice cada dos por tres: «¿Os acordáis cuando me ahogué?». Lo que más le gusta a Omar es estar con mi santo. Y a mi santo con él, porque puede contarle boberías que a nuestros mastuerzos ya no les hacen gracia. Por ejemplo, mi santo se inventa un lema secreto: «¡Thermomix, un nuevo amanecer!», y los dos levantan el puño como si fueran superhéroes. Mi santo escucha a Mozart y Omar le dice: «A mí también me gusta lo clásico, lo clásico y Rosariyo». Después de cenar, mi santo, sorprendentemente, abandona a Hitler y a Stalin y charla con Omar. Soy celosa y miserable, pienso: «¿Qué tiene Omar que no tenga yo?». Omar le pregunta muy serio a mi santo qué es lo que más le gusta en la vida y qué menos. Mi santo le dice: «Lo que más, mi manzano; lo que menos, que mis amigos se me beban mi whisky de malta». Omar dice que lo que más le gusta es el olor de los lápices en septiembre, y lo que menos, cómo le miran algunas personas. De pronto se pone trágico: «Me acuerdo de cuando me ahogué y me da mal rollo». A la mañana siguiente mi santo le compra unos manguitos. Omar desayuna Cola-Cao y jamoncete con los manguitos puestos. Dice que ya no se los va a quitar ni para mear, por si las moscas. Nunca pensé que Manolito Gafotas sería negro.

El triángulo de las Bermudas

Omar nunca ha estado en un restaurante, pero a los tres minutos de sentarse a la mesa ya parece Vázquez Montalbán. Le hemos traído a uno de esos mesonazos de la sierra «tipo antiguo», de piedra y lámparas de hierro forjado, como esas de las que se colgaba Errol Flynn. Omar lleva puesta una camiseta blanca de mi santo que le hace un contraste maravilloso con su carota negra. Mi santo le dice: «Omar, me quitas mi ropa, me quitas mi ordenador, sólo te falta quitarme a mi mujer», y Omar le contesta: «Pues esta tarde me eché la siesta con ella». Cierto, esta tarde vino a mi habitación a enseñarme unas fotos «simbólicas» que había hecho con la cámara digital (a un pie de mi santo, a su bocadillo de jamoncete) y de pronto se apalancó a mi lado y se quedó. No sé qué pensará de todo esto el defensor del menor. Omar le dice a mi santo que le gusta la camiseta que le ha dejado, pero que lo que le pegaría al restaurante al que le hemos traído es un frac con pajarita. Dice que le encanta el restaurante porque es supermedieval. Se va al servicio y cuando vuelve dice que no se atrevía casi ni a mear porque el váter, dice, se pasa de supermedieval, y por un momento le ha dado miedo que le pasara lo de la película *El triángulo de las Bermudas*, y que en vez de encontrarnos a nosotros cuando volviera a la mesa viera a personas supermedievales. Y eso que yo no soy creyente, aclara, sólo creo en Dios y en el infierno. Pero, por si acaso, le dice a mi santo: «La próxima vez que vaya al váter me acompañas, te lo advierto». Mientras nosotros comemos, Omar habla, aunque hablar no le hace perder comba comiendo. Es un sibarita: pilla una gamba, la mete entre pan, le echa un chorrete de limón y a la boca. Al terminar le dice al camarero: «Por favor, dígale a la cocinera que todo estaba exquisito». Como diría Juan Cueto, la televisión que ve en su pisillo de Móstoles a diario le ha hecho un cosmopolita.

Volvemos a casa en coche. Omar dice que lo que más le gusta de Móstoles es la tienda de los chinos donde se encuentra a una niña que le gusta: «Vivo pegado a sus ojos». «Omar, eres un poeta», le dice mi santo. «Sí, ya lo sé, escribo poesías y se las doy a las niñas de mi clase con seudónimo, pero ellas siempre dicen: "Omar, eres tú, conocemos tu estilo"». Omar no tiene nostalgia de Guinea, sino de Alcorcón, del colegio Antonio Machado. Cuando se acuerda de su antiguo colegio, dice: «Caminante, no hay camino: hay estrellas en el mar». Otra de las cosas que le gusta de Móstoles es que allí se examina todo el mundo del carné de conducir. Antes, de camino al colegio, se paraba en la sala donde examinaban del teórico. Le gustaba mirar a los examinandos a través del cristal. Pero un día salió el profesor y le dijo: «Coño, deja de venir ya, chaval, que me los desconcentras». Entonces le dice mi santo: «Pues igual era yo de los que se estaban examinando». Eso a Omar le impresiona: «Y yo estaba viéndote hacer el teórico sin saber que un día seríamos amigos».

Omar desayuna Cola-Cao y patatas fritas Bonilla a la vista, de las que nos trae el editor Luis Suñén de Galicia. Ya está con los manguitos puestos. Dice que ha dormido como Dios lo trajo al mundo. De pronto, sin venir a qué, dice que no sabe por qué tiene que celebrarse el Día del Orgullo Gay y no el Día del

Orgullo Machote: «Podríamos ir tú y yo», le dice a mi santo, «en una carroza de esas de los gays, pero de machotes, yo con mis manguitos puestos y tú con el tubo del limpiafondos enrollado por el cuerpo, sería simbólico y gritaríamos: "¡Thermomix, un nuevo amanecer!"». Y en ese momento entro a la cocina y veo a mi santo levantando el puño. Este proceso de infantilización me preocupa: a ver si le tengo que regalar por nuestro aniversario unos Lego.

Vientos del pueblo

En este pueblo se nos quiere. Al principio creíamos que no, porque nadie nos saluda por la calle y nos miran como malencarados, pero el alcalde nos dijo que lo hacen por respetar nuestra intimidad. Vamos, la respetan tanto tanto que a veces no nos saluda ni la cajera del súper. Un día nos faltaban 50 céntimos a la hora de pagar. Pensamos que nos iban a fiar, pero no. La cajera dijo: «Tendrá usted que dejar un Bio». Y lo dejamos. Fuimos al alcalde otra vez no por chivateo, sino porque nos gusta conocer la idiosincrasia, y nos dijo que la cajera lo había hecho para que sintiéramos que nos trataba igual de mal que a cualquiera. Es extraño eso de saber que tantas personas te quieren y que lo disimulen tanto. Cualquiera que no estuviera en el ajo pensaría que su mirada torva es de enemistad, pero nosotros sabemos (por el alcalde) la simpatía que generamos.

Los niños, por ejemplo, soñaban con tener amigos cuando llegamos hace cinco años. Les llevamos a las fiestas pensando que era un lugar idóneo para hacer amiguitos. Cuando volvieron lloraban y decían que todos los niños del pueblo les tenían manía. Pensamos que era una tontería de críos; es más, mi santo les reprendió, dijo que probablemente ellos habían mostrado la arrogancia típica de los niños de ciudad. Pero a mí me quedaba la sombra de una duda, por decirlo cinematográficamente. Y la noche siguiente hicimos que nos íbamos, pero nos escondimos tras la caseta del encargado de los coches de choque. No podíamos dar crédito a lo que estábamos viendo: el coche de nuestros niños fue literalmente acorralado, los chavales de otros coches tomaban impulso para golpearles con saña. Y lo peor era ver al encargado: se descojonaba. El alcalde nos dijo, sonriendo, que era una manera, ruda pero noble, de hacerles a los niños forasteros un ritual de iniciación. Luego, le cogió a mi santo por el brazo y le dijo: «Tu mujer no puede entenderlo, es de Moratalaz. Pero tú que eres de pueblo te acordarás de cuando a los tontos se les tiraban piedras y al forastero al pilón. ¿Había maldad en ello? Bien sabes que no. ¿No seréis vosotros los que tenéis que cambiar de actitud?».

Hemos cambiado. Nosotros, los de entonces, ya no somos los mismos. Por ejemplo, el otro día vino nuestro amigo Miguel Munárriz a vernos y paró en la plaza a preguntarle a un paisano por nuestra casa. Cinco amables lugareños hicieron corro: «Sí, hombre, la casa del hombre que ya no escribe». Uno se ofreció a subirse en el coche de Munárriz para acompañarle. El hombre le contó lo siguiente: «Yo estuve trabajando para ellos. A él no se le ve mala persona, que escriba o no escriba, eso no le puedo decir, pero se ve que es un hombre que con otra mujer hubiera llegado lejos... Ella no es mala, pero tiene un carácter —con todos mis respetos— fundamentalmente insoportable. Lo digo como operario y como persona. Luego esos chiquillos, tan consentidos, no les verá levantarse de la cama antes de las doce. Y ese hombre, esclavizado, que si haciendo comidas, que si el jardín, que si la compra, ¿cuándo va a escribir ese hombre, si ese hombre no tiene tiempo material? Ella sí que escribe, tiene más tiempo. Yo a mi mujer le digo lo mismo que Jesulín a la Campanario, tú cuidas de la casa, de los hijos y de mí, luego, haz lo que quieras, pero dentro de una lógica. Coincido con el diestro de Ubrique. Mire, aquí viven: el amarillo del chalé tiene cojones, luego dicen que la casa del Príncipe parece un hostal, pero ésta es talmente un puticlub. Bueno, dígales que un día que esté católico paso a tapar la zanja, y que recuerdos de Evelio».

Munárriz estaba indignado, porque lo interpretó como una grosería. Pobrecillo, no supo entender el cariño que con el tiempo nos ha tomado este pueblo entrañable.

La madre del cordero

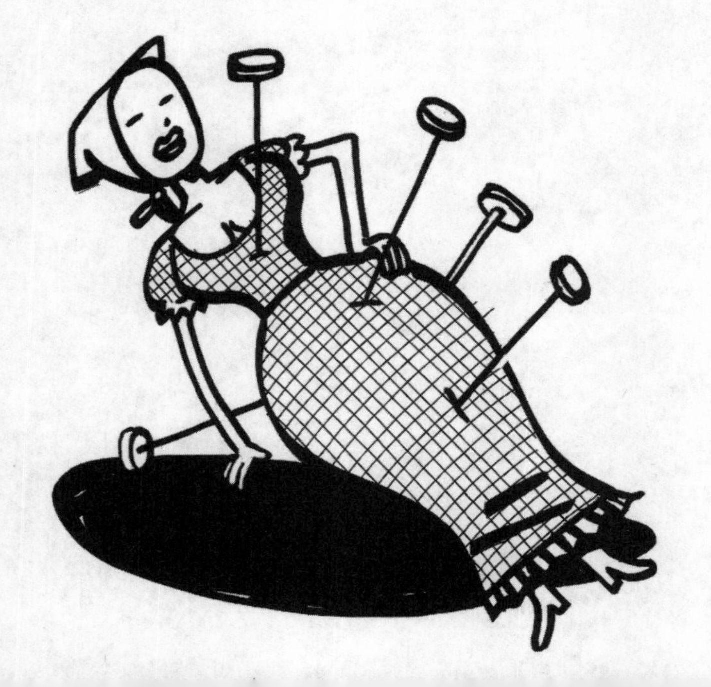

Siempre he intentado estar en la vanguardia en la educación de los niños. Por el camino he cometido errores, ¿pero quién puede tirar la primera piedra? A mi santo le gusta recordar, delante de las visitas, mi afición fervorosa al libro de la doctora Perkins *Del feto al bebé*. Contaba Perkins que los bebés tienen cuando nacen el llamado instinto nadador; o sea, que, si coges a un bebé y lo lanzas a lo hondo, el niño, por su propio instinto, sale a la superficie sonriendo porque la inmersión le ha recordado el líquido amniótico. La doctora Perkins lo había experimentado con niños de amigas. Ella no tiene hijos; no porque no quiera, que a ella bien que la gustaría, sino porque no puede: hasta hace menos de diez años la doctora Perkins era el doctor Perkins. Ahora ha escrito otro libro, que acabo de adquirir por Internet, titulado *Vive el cambio de sexo de tu hijo con naturalidad.* Está basado en su experiencia y sale en la portada con su madre anciana. Mi santo, que es un hombre dominado por la intransigencia, dice que mientras él viva ese libro no entra en esta casa, y yo le contesto que ahora que nuestros hijos están en plena adolescencia es cuando hay que adelantarse a posibles acontecimientos. Lo que yo digo: teniendo tantos hijos como tenemos, aunque sólo sea por pura estadística, alguno saldrá rana. A él no le hables de esto, que se enciende. Un día me dijo que acabaré saliendo en un programa de esos de testimonios que tanto me gustan en los que las madres babean haciéndose las comprensivas. Pues sí, lo reconozco, me gustan esos programas, ¡y qué! Soy muy socióloga. Y muy humana.

Él disfruta contando que cuando uno de los niños tenía nueve meses lo lancé por la parte honda en la piscina de Moratalaz. Yo todavía no me explico cómo a mi niño le falló el instinto nadador y cayó como una piedra al fondo. El socorrista se tiró a por él como un poseso y el niño lloraba como si le hubieran matado. A mi santo también le gusta recordar que al niño no le dejé leer hasta los siete años. Es que tenía un manual, *En pos de la imagi-*

nación, en el que el pedagogo Weber sostenía que el cerebro del niño no está preparado para la letra impresa (que es castrante) y hay que favorecer el desarrollo psicomotriz. La verdad es que con este niño ha sido muy difícil estar a la vanguardia, porque a los siete años empezó a tirar la plastilina por el váter y a señalar los libros de la estantería, concretamente *Decadencia y caída del Imperio Romano*, de Gibbon. En dos días aprendió a leer. Y así le ha ido, que es un niño que para mi gusto es inteligente pero le falta creatividad. Mejor, dice mi santo: de la creatividad a la homosexualidad sólo hay un paso.

Luego me empeñé en que tuvieran una educación no sexista. Anda que no les he comprado *barbies* y *kents* a estos mastuerzos. Hasta que empezaron a ponerlos en unas posturas que, verdaderamente, no sé lo que hubiera dicho la doctora Perkins. El doctor Weber opinaba también que hay que dejar a los niños pelearse sin intervenir para que el niño desarrolle su independencia. Lo intenté, pero ahí fui débil: se le acercaron dos chavales en el parque y querían quitarle la pelota a mi niño. Me acerqué, miré a un lado y otro, por si estaban sus madres, y les metí una galla a cada uno que me quedé más ancha que larga.

Pero lo que más le molesta a mi santo hoy en día es que les comprenda. El otro día se puso fuera de sí porque descubrió (¡no lo sabía!) que nuestros niños tienen discos piratas. Les gritó: «El día que decidan piratear los libros, ¿de qué vais a comer vosotros, cretinos?». «Joé, papá, siempre te pones en lo peor». «Cariño», le dije, «todos los niños lo hacen». Y me llamó escarola (o esquirola, no me acuerdo) y demagoga, y me dijo: «¿En qué bando estás?, ¿yo soy el borde y tú la coleguita?». Unas cosas que un compañero-a nunca debería decirle a una compañera-o.

Evelio: el retorno

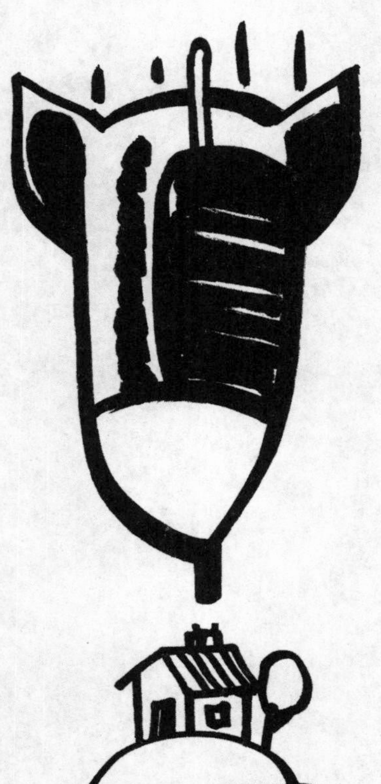

Estaba soñando que bombardeaban el pueblo. Y despertaba a mi santo, que cuando me coge el sueño no hay manera de hacerlo vivo. Mi santo contestaba: «¿Eh?». Yo le decía: «Cariño, te despierto por causa de fuerza mayor, creo que ha llegado el momento de volver a Madrid porque, como observarás, nos están bombardeando». Mi santo (hasta en sueños) se mostró reticente: «Debemos ir al Ayuntamiento, tal vez haya que organizar un hospital de campaña y yo sé hacer torniquetes». Es una de esas veces que, de verdad, me arrepentí de no haberme sacado el carné de conducir porque en un momento como ése, una mujer solvente, profesional, como soy yo, ve mermada su independencia. Si llego a saber conducir, por aquí voy a estar discutiendo si nos vamos o nos quedamos. Me monto en el Suzuki y adiós muy buenas. Y a los niños, que les den por saco también. Anda que es fácil sacar a estos niños de la piltra. Pero a lo que iba, qué extraña es la mente. Ustedes dirán que con semejante sueño me despertaría sudando, agitada. Para nada. Era un sueño, oyes, que me daba una paz que te cagas. Si queda algún psicoanalista entre mis lectores, por favor, ruego que me lo interprete.

Lo curioso fue que no me despertó el sueño, sino mi santo. De pronto siento que se incorpora su colchón aerodinámico (ver *Tinto de verano 2000)*. Que, por cierto, cuando compré los colchones con mandos personalizados, él, una vez más, se mostró reticente. Es cierto, he de reconocerlo, que cuando decidíamos mantener un acercamiento íntimo (echar un coito, vaya), era sumamente fácil escurrise por la raja divisoria, lo cual nos llevó a la situación de encontrarnos en momentos culminantes y estar más pendientes de mantener el equilibrio que del acto en sí. Pero no quiero seguir por ahí porque mi santo no me permite escribir de sexo: él sabe que soy muy aficionada a las encuestas y que me ha afectado esa que dice que el lugar de España donde menos se copula es Madrid, y lo que yo le digo, aunque sea por amor a la patria chica, tenemos que levantar la media.

Pero volvamos al lugar de los hechos: la cama. Mi santo, ya digo, ha pasado de quejarse del colchón a tomarle el gusto y ahora se pasa el día con el monomando. Lo vi incorporado, miré el reloj, las ocho de la mañana, y oí una taladradora. Mi santo dijo: «Manzano nos ha descubierto». La taladradora paró y oímos lo siguiente: «Ave María, ¿cuándo serás mía?». Nos levantamos y salimos al jardín: Evelio se fumaba un cigarro, miraba la zanja pensativo y volvía con Bisbal: «Ave María, ¿cuándo serás mía?». «Es que he entrado porque tengo las llaves del año pasao». Evelio tiene llaves de todos los chalés del pueblo. Ha dejado colgados a cientos de veraneantes. Es su venganza vernácula. Mi santo le dijo: «Evelio, después de un año sin aparecer, viene usted sin avisar y a las ocho de la mañana». «Que si quieren yo me voy», dijo Evelio, «que yo lo hago pa que no se parta la señora el morro con la zanja»; «bueno, ya que está...»; «¿y sus chiquillos qué, en la cama, como siempre?; yo tengo a uno con una beca Erasmus, y a la otra, que sacó de las notas más altas de la selectividad, a esta hora ya anda camino de la autoescuela la jodía. Señora», le dijo Evelio a mis tetas, «me alegro de verlas», y les añadió, «si no es mucho pedir, me tomaría un cafelete aliñao con un chorretón de lo que sea». Mientras mis tetas preparaban el carajillo, mis orejas oían a Evelio decirle a mi santo: «Me han dicho que usted ya no escribe. Escriba usted, hombre, que eso es muy bonito. ¿Qué va a hacer usted si no escribe? Todavía yo, que sé tapar una zanja, pintar una pared, lo que me se ponga por delante; pero usted, como no escriba ya me dirá. Ave María, ¿cuándo serás mía?». Mi santo entró en la cocina, se bebió de un sorbo el cafelete de Evelio y dijo: «Ahora que sí voy a darle un corte».

El trío lalalá

Hemos dado a los niños en adopción. Lo hacemos todos los años por estas fechas. Les tenemos dicho que no llamen, que deben integrarse con sus nuevas familias, pero es imposible. Suena el teléfono, uno quiere que le llevemos la mochila; suena el teléfono, es otro que necesita dinero para la Academia; suena el teléfono porque otro quiere su paga (¿qué paga?, le dice mi santo, ¡a mí es al que me tendrían que pagar!); la niña dice que se dejó la braguita del biquini: anda, papá, mándamela por Seur; otro necesita siempre dinero para el bonometro (para mí que tiene un negocio turbio con el bonometro). A veces llaman para repetirnos que, si les llega alguna carta, no la abramos, por favor. Y nosotros decimos: ¿pero tú te has creído que estamos locos por leer lo que te ponen en las cartas?, ¡No tenemos otra cosa que hacer!

Y nada más colgar ponemos la carta al vapor de la olla y la carta se abre como una almeja; mi santo dice que esto no está bien, pero la leemos entera, y hay veces que se dicen cosas que preferiríamos no haber leído. Alguna vez llaman de pronto para rogarnos que no les ordenemos la habitación y menos los cajones. Entonces yo les digo: a ver si os creéis que me voy a pegar el trabajazo de poner orden en esa pocilga. Pero es colgar el teléfono y bajar los dos como posesos a la habitación, derechos a los cajones. Puede ocurrir entonces una cosa dramática: que te encuentres una caja abierta de Durex (gran marca), que empieces a atar cabos entre lo que leíste en las cartas y la caja y que te quedes flipando el resto de la tarde: mi santo mirando al manzano, intentando comprender el misterio de la vida. Lo que dice mi santo: tantos años dando la reproducción en Conocimiento del Medio ha tenido sus consecuencias. La Logse los empujó a la promiscuidad infantil.

Ayer estábamos queriendo olvidar el asunto caja cuando llamaron al teléfono: Omar, desde Móstoles. Dice que llama desde un locutorio con 50 céntimos que le han prestado, que si puede venirse con nosotros y que le contestemos rápido porque se le acaban los céntimos.

Nosotros le decimos que se va a aburrir porque tenemos a los niños en adopción, pero a Omar eso le chupa un pie; lo que quiere es estar con nosotros. Vamos a esperarle a la estación. Viene con una maleta. Lo interpretamos como una indirecta. Dice que nos quiere más que a nadie; nosotros le recordamos que tiene a su madre, porque estamos acojonados y porque nunca nos había pasado que un niño nos adoptara, y más cuando teníamos la alegría de tener a nuestros propios niños en adopción. Omar llega a casa (¿su casa?), se pone los manguitos y merienda su Cola-Cao con jamoncete. Luego busca una película para esta noche. Se decanta por *Los otros.* No la quiere ver solo; no porque vaya a tener miedo, cuidado, sino porque no mola. En el sofá estamos los tres; Omar, en medio. Mi santo dice: «Tienes que ver las películas en versión original», pero desiste de sus intenciones pedagógicas al ver que Omar lee los subtítulos en voz alta. Y escuchar a Nicole Kidman con la voz de Omar es una pesadez. A mitad de la película dice: me parece que voy a tener que dormir con vosotros, os lo advierto. Cuando acaba la película emite su juicio: yo creo que Alejandro Almodóvar se merecía un Oscar por esta película. Se va a dormir a su cama, dice que se le ha quitado el miedo al conocer la explicación del director: unos estaban muertos y otros vivos. Al día siguiente, Omar está tirándose a la piscina, dice: «¡Ahora me tiro como si estuviera muerto, ahora me tiro como Bin Laden, ahora me tiro como Pío Cabanillas»! Y nosotros nos asomamos a la ventana y gritamos a dúo lo que dicen Nicole y los niños de *Los otros* al final de la película: «Ésta es nuestra casa, ésta es nuestra casa», pero Omar Toorky, en vez de darle miedo y salir huyendo, es que se mea de risa.

«Ménage à trois»

Comenzaré con una afirmación sin duda polémica: en la actualidad, estando casada —como es mi caso—, tener amigas es arriesgado. Porque las mujeres, desesperadas ante el avance de la homosexualidad, se tiran (en sentido figurado) a por lo que sea. Lo digo porque tengo un amigo del que no sé si he hablado, buenísima persona, educado, y, para colmo, con unos músculos importantes, pero que tiene un problemilla, no grave grave pero, digamos, esencial: el músculo más requerido por la afición femenina no le funciona, y le estoy intentando ayudar. No digo su nombre porque es un chico superdiscreto que no quiere publicidad y tampoco quiere que se enteren sus padres por *El País* de tal disfunción. Majísimo. Y se lo conté a dos amigas por teléfono, porque la pera de levantamiento que le he comprado por Internet no acaba de llegar y pienso honradamente que no hay pera que iguale las manos de una mujer. Yo pensaba que mis amigas se iban a rajar, porque comprendo que presentarle a una amiga necesitada a un hombre con semejante trastorno fisiológico es un marronazo. Lo que no me esperaba es que la idea de conocerlo supusiera un aliciente. Dijeron que dicho músculo está sobrevalorado y que el deseo puede expresarse no sólo fálicamente (son más modernas que yo). Las invité al campo y pusieron pegas, porque a estas divorciadas lo del chalecito les parece un muermo, pero lo que yo les dije, el que quiera peces que se moje el culo. A las ocho de la noche ya estaban las dos aquí, en sendos cochazos. Tienen pasta. Pueden comprarse cualquier capricho, menos un hombre, aunque, dada la desesperación y algunos anuncios *ad hoc* que aparecen en el *Abc* los viernes, se lo están planteando. Evelio todavía estaba en la puerta, «Ave María, ¿cuándo serás mía?», dijo mirándoles las tetas, lo cual fue caldeando el ambiente porque hay momentos en los que un operario puede subir la moral de una mujer en el preclimaterio. Hablando de Evelio: el otro día vimos mi santo y yo un reportaje en profundidad que se llamaba Tetas. Salían unas tías americanas que contaban su relación con sus propias tetas. Tenían las tetas más raras que he visto en mi vida. Había una que decía que las tenía caídas, pero que a ella no le importaba, decía que el momento crítico es cuando te haces la prueba del lápiz, que consiste en ponerse un lápiz debajo del pecho y, si el pecho te sujeta dicho lápiz, es que en dos años te llegarán al suelo. Pero la tía le había buscado su lado positivo y, como era dibujanta y no se ponía sujetador, decía que en vez de tener cubiletes para los lápices se ponía toda la gama de Alpinos debajo de las tetas. Por cierto que a una de mis amigas le dio positivo esta prueba, pero con el mango del mortero, que tiene más mérito.

Al fin llegó mi amigo, resplandeciente, pero con ese toque de melancolía en su mirada. Tuve que apartar a mis amigas porque no respetaban las distancias y lo estaban agobiando. El chico es tímido y mi santo se creció. No es que mi santo sea Carlos Latre, pero cuando las mujeres le ríen las gracias se pone, para mi gusto, hasta patoso. Empieza con sus imitaciones: a un enchufado de la Junta de Andalucía, a la Niña de los Peines recibiendo la Medalla de Andalucía (la Niña palpando la medalla, era ciega), a un viajante que le vendió a su padre un curso de inglés, Lara diciendo unas palabras en el Planeta. No actualiza, cuando lo conocí tenía el mismo repertorio. Le tuve que decir: «Bueno, ya, cariño, ya». Y las otras arpías, que siga, que siga. «¡No sigue, que se ha cansado!», me salió hasta un gallo, pero, coño, me da rabia que se ponga simpático cuando él no lo es. La reunión se disolvió, según mi santo, porque soy una borde. En cuanto a los otros tres, resumo: montaron un trío en el Villamagna; mi amigo, harto de recibir ternura, se les durmió, y las otras dos, a falta de pan, se hicieron un bollo.

Qué romántico

Grandes noticias: hemos tenido un tomate.

La cara de mi santo era un poema cuando entró con la diminuta hortaliza en la mano. Estuvo tres días sin querer hincarle el diente pero yo, viendo que se nos pudría, lo partí por la mitad (las mujeres para eso tenemos más sangre fría) y nos lo comimos. Ay, esa pareja de intelectuales compartiendo un tomate de su propia cosecha. Lo encuentro entrañable.

Estuvimos a punto de tener un calabacín pero la cosa se truncó. Mi santo lo achacó a que mi perrito cogió la costumbre de mearse todos los días en dicho calabacín y que el ácido úrico de mi *Chiquitín* se cargó la mata. Hay veces, como lo siento lo digo, que mi santo, con todo lo bueno que parece (en parte porque yo he contribuido a idealizarlo), pilla unos puntos superbordes. Me pone en la tesitura de elegir entre mi *Chiquitín* y él. Qué infantil. Además, que lleva las de perder porque el hombre que a mí me quiera me ha de querer con *Chiquitín* incluido, y si *Chiquitín* se mea en la mata de su calabacín pues que se mee. Anda que no hay calabacines en el Carrefour. En fin, para que vean que la vida en el campo no es todo lo idílica que yo la pinto a diario.

A veces, cuando cae la tarde y mi santo se sienta en el *pollete*, exhausto, porque no para, regando, espantando a *Chiquitín* de la mata, fumigando el membrillo, que lo que dice Evelio, «un día su marido se le queda tieso, porque eso de fumigar lo tienen que hacer profesionales de la fumigación, no que su marido echa el fusfús parriba y por la propia ley de la física el fusfús se le viene a su marido de usté a la cabeza. A veces le veo que sale de debajo del membrillo mareado, pero un día, no quiero ser derrotista, entiéndame lo que la digo, tenemos un disgusto a cuenta de la fumigación»; a lo que iba, que cuando mi santo se sienta en el *pollete*, contemplando nuestra parcela de cien metros, como Escarlata miraba Tara, yo le pregunto: «Cariño, no te molestes por la pregunta pero, ¿crees que llegará un día en que todo ese esfuerzo que estás haciendo, y que yo valoro, dé para que nos hagamos siquiera una ensalada?, porque si vamos de tomate en tomate cada 15 días lo encuentro un poco *coitus interruptus*». «Quién sabe», me contesta, «tal vez nosotros no lo veamos, pero nuestros nietos comerán manzanas de este manzano y en cada bocado estarán contenidos todos nuestros anhelos». Se me cayó una lágrima, que él interpretó como signo de mi extremada sensibilidad, aunque la verdad es que a mí, pensar en estar yo muerta y unos descendientes comiéndose lo mío, me jode. A qué negarlo.

Pero estas frugales discusiones no pueden disimular lo que a la vista está: estamos enamorados. El otro día acompañé a mi santo a la Universidad de El Escorial, y eso que me había hecho el propósito de no pisar una universidad dado el boicot que se me hace sistemáticamente en el mundo académico, pero había razones poderosas para acompañarlo: una, tengo que preservarlo de las estudiantas (soy su *rottweiller);* dos, cuando estoy en el campo me apetece ir a una universidad de verano; tres, es allí donde mi santo y yo nos conocimos, y hasta hoy. ¡Que suenen los violines! Dice Javier Sampedro, que ilustra a la par que entretiene, que nos enamoramos por el olor, porque nos vemos pinta de buenos reproductores (nosotros ya sólo tenemos tomates), y por nuestro dedo medio. Lo del dedo medio es lo que encuentro más sensato. Sobre todo para una mujer ese dedo medio puede ser definitivo. Ya lo decía Lázaro Carreter: «El orgasmo de los hombres es analógico, y el de las mujeres, digital». Ese dedo medio... lo encuentro fundamental. Por cierto, los organizadores de los cursos me dijeron que este año habían estado a punto de llamarme. Es un salto cualitativo, no me digan.

Corazón latino

Desde que Omar nos adoptó hemos tenido que poner un cerrojo en el dormitorio, porque puede aparecer de pronto, como el otro día, con la noticia de que se le había pinchado un manguito y provocarle a este amenazado matrimonio, del cual formo parte, un susto y un ir corriendo a taparse con la sábana que le remonta a uno a las películas de Esteso y la Cantudo. Pero hay otras veces que no es Omar con su manguito lo que nos saca de la siesta, sino la musiquilla del tema que ha copado los primeros puestos de las listas del TOP 40, *Corazón latino*, y que, para nuestra desgracia, es la melodía que ha elegido Evelio, siempre a la vanguardia, para su móvil. El móvil de Evelio está sonando continuamente. Se puede oír a Evelio en cualquier rincón del jardín hablando a gritos con otras clientas, prometiéndoles que mañana mismo irá a cerrarles las zanjas o a ponerles los bombillos o a arreglarles el bote sinfónico. Otras veces el móvil de Evelio suena. Y suena. Y nos escuchamos íntegro el *hit Corazón latino.* Cuando están nuestra niña y mi sobrina, tenemos el aliciente de que las dos la cantan a dúo, porque los padres progres odiamos las canciones de Bisbal hasta que nuestros niños las cantan. Pero ahora que no están, se nos hace más duro. Ya digo, estábamos en plena siesta, como Dios nos trajo al mundo y el soniquete no paraba. Cuando el soniquete no para es que Evelio se ha olvidado el teléfono móvil en el váter. Antes lo llevaba siempre en el bolsillo del pantalón, pero un día se le cayó al inodoro y salió con el móvil envuelto en papel higiénico. Me hizo hervirlo porque decía que no tenía ganas de pillarse una infección de oreja. Se lo herví, se le quedó un poco deformado, pero funciona. ¡Felicidades Movistar!

El año pasado Evelio guardaba ciertas formas, me gritaba: «¡Señora, que si puedo pasar un momento al inodoro!». Pero este año, Evelio ha tomado el inodoro como cosa suya y se mete, y uno no sabe hasta cuándo. Puede pasar que mientras esté haciendo sus cosas suene el *hit* de Bisbal, y oigamos a Evelio contestar el teléfono a gritos y tirarse media hora de reloj sentado en dicho inodoro hablando con una clienta desesperada. Luego le oímos tirar del papel; después, el ruido de la cadena, y, al fin, salir subiéndose la bragueta y diciendo: «No le dejan a uno ni hacer las necesidades».

Pero no nos desviemos del momento: el móvil sonaba y mi santo se puso los calzoncillos maldiciendo el día en que yo metí a ese capullo en nuestra casa. Entró al baño de la entrada (los niños ya le llaman «el váter de Evelio») y, efectivamente, allí estaba el telefonino. Abrió la puerta de la casa esgrimiendo el móvil de forma amenazante, iba a gritar: «Evelio, estoy de usted, de su móvil y de su zanja hasta los huevos», pero se calló, porque vio que Evelio y Omar estaban en cuclillas mirando atentamente algo que pasaba en el chalé de al lado. Mi santo y yo nos acercamos. La escena era la siguiente: el perrazo enorme del vecino estaba intentando sodomizar al gato, y el gato, lejos de molestarse, se prestaba. Evelio le decía a Omar: «Esto en mi época no pasaba, esto es producto del desparrame macroambiental que está produciéndose a nivel planetario. El calentamiento, las ovejas clónicas, la alimentación hormonada que vuelve gay a la gente; todo esto los animalicos lo acusan y se lanzan a la degradación. Tú no hagas nunca cosas raras», le decía Evelio. «No, yo no», le respondía Omar. «Y si alguna vez haces algo raro, no se lo cuentes a un cura, que ahora también están dentro de la degradación». Y entonces Omar le dijo que él sólo se había confesado una vez, en Leganés, para la comunión, pero que al cura no le contó ningún pecado serio porque, según Omar, los pecados son cosas muy personales: «Prefiero hablar con Dios directamente». «Hoy en día es lo mejor», dijo Evelio. Dicho lo cual, siguieron mirando.

«Troilo» y yo

Di que un día voy a Barcelona, esta primavera, a presentar un libro que se llamaba *Tinto de verano*, que consistía en estos simpáticos artículos que escribo ahora, pero todos juntos y con una portada, que es una manera a lo tonto de sacarse un dinerete extra. Y no lo hago por codicia, entiéndame, lo hago porque somos muchos de familia y mi santo ha decidido no trabajar y dedicarse a cuidar un manzano estéril, que hasta el mismo Ángel Carrascosa, del Teatro Real, que vino la otra noche a comprobar que todo lo que yo cuento es radicalmente cierto, miró el palitroque y dijo: «Pues sí que es pequeño». Por cierto, que si ustedes quieren venir a conocer nuestro territorio mítico, pueden. Hay trenes desde Madrid a las en punto en los que te ponen, no sé si será cosa de Gallardón, unos adagios de Albinoni a toda pastilla, que te dan ganas de tirarte en marcha. Por sólo 10 euros (cobro) verán a sus personajes en carne y hueso, mi santo con la mochila de fumigación, Evelio en la zanja, Omar con los manguitos y luego un pequeño *kit* de degustación de la Thermomix. De momento sólo me he anunciado en el periódico de la Sierra, que me hacen precio. Ayer vinieron dos señoras lectoras de Alpedrete y, cuando llevaban media hora viendo a mi santo con su mochila de fumigación dándole al membrillo, exclamaron: «¡Es verdad, no escribe nada!».

Yo no sabía cuando me casé que iba a tener que trabajar tanto, es de esas sorpresas que te llevas luego, cuando abres el paquete (en sentido figurado). Pensaba que mi papel iba a consistir en viajar de consorte por las universidades extranjeras, hacer de nuestra casa una parada y fonda de intelectuales internacionales, y viajar a Suecia de vez en cuando, que es lo que hacen los escritores cuando cumplen cierta edad, viajan a Suecia a comer con gente. Por el clima será, y por la consabida simpatía del pueblo sueco.

A lo que iba, que di que fui a Barcelona a presentar mi libro. Le pedí a Sergi Pàmies que me hiciera un elogio encendido. Qué bonito, le dije, un escritor catalán apoyando a un madrileño en la ciudad condal, y patatín y patatán. A mí es que, cuando se me pone delante un catalán, me salen tópicos a borbotones. Es una cosa genética con la que nacemos en Madrid, ya no me refiero al tópico del catalán roñoso (eso es más de la etapa del colegio), sino a eso que decimos los que ya estamos viajados: «El catalán, de momento, es muy cerrado, tirando a borde, te cuesta mucho que te admita; ahora, cuando te haces un amigo catalán, ese amigo es ya para siempre». Ese «para siempre» me inquieta, ¿no podría evitarse? «En cambio, el de Sevilla, parece que te lo da todo y luego no te da nada, es pura falsedad». Del de Cuenca, sin embargo, nunca decimos nada.

A mí antes, cuando era de Moratalaz, me daban vergüenza los topicazos, pero desde que me he hecho escritora lo encuentro hasta necesario. Recuerdo ese tópico precioso que acuñó mi santo: «Antes de escritor, yo soy lector». A él se lo disculpo porque escondía una gran verdad: ya no hace más que leer.

Pero, por Dios, a lo que iba: que Sergi Pàmies va y empieza a presentarme, yo con esa cara que ponemos los escritores de «me abruman tantos elogios, aunque sé que los merezco», cuando va Pàmies y dice una cosa que me deja supraperpleja. Dijo que eso que hacía yo de escribir sobre los míos ya estaba inventado, que lo había inventado Gala en sus charlas con Troilo. Me molestó, a qué negarlo, porque lo de Troilo consistía en que el escritor le contaba un rollo a Troilo y Troilo se lo tragaba. Yo no digo que el rollo no fuera interesante, pero *Chiquitín* (mi *yorkie)* tiene una serie de habilidades que le hacen incomparable. A no ser, claro, que Pàmies se refiriera a mi santo, en cuyo caso encuentro más similitudes, porque a mi santo le meto un rollo y, como que no registra. Como dice Evelio, no hay *feedback*.

El orangután y la orangutana

Son las dos de la madrugada. Un matrimonio del Estado español descansa tras haber disfrutado de unas aceptables relaciones íntimas. Pero, por favor, pasen y véanlos. No se corten. Él no es Ben Afleck y ella no es Jennifer López, de acuerdo, pero también tienen derecho a la pasión aunque carezcan de habilidad para reproducir las posturas que salen en las películas. Pero, ¿es que alguien puede? ¿Alguien se atreve a hacerlo, por ejemplo, de pie en la ducha? Yo, desde luego, no. No sólo me falta preparación física, sino que me cago de miedo de pensar que puedo caerme para atrás y darme con la alcachofa en la cabeza y quedarme muerta con los ojos abiertos y la sangre saliendo a borbotones, y mi santo, como Anthony Perkins, sin saber si envolverme en la cortina de la ducha y enterrarme debajo del manzano o decirme: «No te hagas la muerta que no me gusta». Desde que era pequeña mi padre nos atemorizó con todo el abanico de posibilidades por el cual uno podía palmarla en el baño (incluido electrocutarse con el secador, cortes de digestión, caerse mientras está uno cortándose las uñas de los pies y clavarse las tijeras en la vena femoral, inhalación de gas). Por supuesto que no incluyó los golpes que uno puede darse durante ciertas prácticas sexuales, pero consiguió meterme el miedo en el cuerpo de tal forma que estoy segura de que un día, sea como fuere, moriré en un váter. Ojalá sea en el de mi casa, porque a mi santo le daría mucha vergüenza que fuera en un servicio público. Ojalá Conte me haga la necrológica. Todos esos miedos me incapacitaron para practicar posturas como la de la ducha, la del caballito de mar en la bañera o la del tocador (ésta es más sencilla, pues se efectúa con la hembra sentada, pero siempre me dio miedo que el espejo de dicho tocador se rompiera a mis espaldas y muriéramos los dos desangrados).

El matrimonio que les invito a observar, queridos lectores, tampoco se anda por las ramas. Ellos practican sus deberes en la cama. Esta noche han cenado viendo la tele. Es tal mierda la que echan que, ni aun ella, que es una fanática de la basura, puede aguantarlo. Acaban viendo un documental sobre el comportamiento sexual de algunos mamíferos: rinocerontes, gorilas y tal. El viernes pasado pillaron una película porno (por casualidad) de una novia que antes de salir para la iglesia se tiraba a un operario que pasaba por allí y se pasaban una hora de reloj. Daba mal rollo porque se veía al novio esperando en la iglesia que no sabía uno ni cómo había podido acceder al templo con semejante cornamenta. Pero lo curioso es que nuestro matrimonio no se excitó en absoluto, y, sin embargo, no me pregunten por qué, ha entrado en calor con la visión del rinoceronte montando a la rinoceronta en el barro de la sabana africana y con el orangután y la orangutana en el árbol. La científica dice que hay algo en común en los machos: después del coito, les entra soporcillo y duermen. Como diría Ovidio: «Post coitum omnia animalia tristia». O sea, bajonazo y sueño.

El matrimonio después de sus abluciones: cepillado e hilillo dental, micción, crema..., se acuesta y, sintiéndose más animales que personas, practica sexo. Cuando la cosa acaba, ella, viendo los ojillos de él entornados, dice: «Todos los machos sois iguales, acabáis y a dormir, ¿dónde queda la ternura?». El macho dice con voz pastosa: «No me gusta que veas documentales de animales porque siempre sacas conclusiones erróneas». Ella, con los ojos tan abiertos que parece que se ha metido una raya, empieza a darle la charla en la oscuridad: que si qué primarios sois, que si para ella el amor no es nada sin el romanticismo postcoitum. De pronto él emite un ronquido feroz. Y ella piensa que tampoco hace falta irse a la sabana africana para ver determinadas cosas.

Ustedes son formidables

Gracias, lectores-as. Gracias por leerme. Gracias por haberme elegido entre tanta columnista suelta. Gracias. Su fidelidad me hace sentirme viva cada mañana, como escritora y como persona. Gracias incluso por las críticas, que, aun siendo dolorosas, me obligan a superarme, a consultar el diccionario, a fijarme más en lo que escribo; si no fuera porque ustedes me sacan tantos fallos, yo, particularmente, es que pasaría. Gracias por esas personas generosas (tres) que, robándole tiempo a su trabajo, quitándose horas de ocio o desatendiendo a sus hijos, se han puesto delante del ordenador para escribirme una simpática carta en la que me afean la conducta por haber escrito una falta de ortografía. Gracias.

La falta era poyete.

Yo escribí «pollete». Mal hecho.

Escribí que mi santo se había sentado en el «pollete» que hay junto al manzano, y ustedes me dicen sarcásticamente que si se trataba de una de esas tradiciones vernáculas consistentes en maltratar a un animal para conmemorar una fiesta religiosa. No; mi santo sería incapaz de sentarse encima de un pollo pequeño (tampoco de uno grande), porque mi santo es incapaz de hacerle daño a nadie. Se sentó, como imaginaron los queridos lectores, en un poyete que construyó el año pasado ese operario que pasa los veranos con nosotros: Evelio.

Una de las lectoras sugería que molaría bastante que Lázaro Carreter hubiera leído esta brutalidad mía y que la utilizara para lanzarme uno de esos «dardos» suyos en todos los morros, por lista. Muchas gracias también por tan pertinente sugerencia. No sé si don Fernando habrá leído lo del poyete. Puede que don Fernando se haya tomado un descanso y no quiera ni leerme, pero, por si acaso, como no quiero desatender su magnífica propuesta, le he mandado a mi admirado Lázaro una copia del artículo subrayando las dos veces que escribo «pollete».

Pero lo que me empuja a escribir este artículo es otra cosa. Quiero depurar responsabilidades: ¿no creen, queridos lectores-as, que, teniendo en mi casa un representante de esa docta casa que nos guía a los hispanohablantes por el camino correcto, debería haber sido él el que, temeroso de que metiera la pata una vez más, me hubiera corregido el artículo antes de que yo lo mandara? Reconstruyamos los hechos, como ya hice con el director de la Academia (a la que mi santo va los jueves), al que llamé a cuenta de lo del poyete.

Yo estaba escribiendo un día más un artículo que trataba de que mi santo se sentaba frente al manzano (en el dichoso poyete) y se ponía a pensar en su minúscula cosecha de tomates. No era un gran tema, desde luego, pero lo estaba haciendo con mi mayor ilusión. No doy más de mí. Acabo el artículo y le grito: «Cariño, ven a corregirme las faltas de ortografía». Y va y me responde (desde el poyete): «¿No crees que ha llegado el momento de que empieces a andar sola?». Me dejó muerta. Le dije: «Cuando tú quieras algo, ya verás lo que te voy a decir».

Estaba herida. Hay un programa en el ordenador para las faltas de ortografía, pero tampoco sé utilizarlo. Es que realmente casi no sé hacer nada. Esto es lo que doy de mí intelectualmente (manualmente, cero). Total, que mandé el artículo y empezaron a llegarme cartas al director (¡que podrían mandármelas a mí y que el director no se enterara, porque me hacen ustedes quedar, perdónenme, como el culo!).

Don Víctor, el director, estuvo encantador conmigo: un caballero, de verdad. Me eximió de cualquier responsabilidad: «Mujer, sabiendo la trayectoria que tienes tú de meteduras de pata y faltas, opino que él tendría que haber estado más atento. No es por darte la razón como a los tontos, pero a una mujer como tú no la dejaría yo escribiendo sola». Así que le he dado a mi santo las cartas de estos lectores-as para que las conteste él. A mí sólo me queda decirles: «¡Gracias por estar ahí, España!».

Los otros

A todo esto, yo no tengo ni idea de dónde anda Bicoca. Sé que en septiembre recalará en El Escorial, en el Esco, donde tienen la finca los Del Fresno de toda la vida, y donde Bicoca tiene previsto albergar a varios camaradas que vienen para la boda de la niña. Pero hasta que llegue tan señalada fecha, Bicoca está *missing*. Eso sí, me ha llegado una postal que dice: «Hola, Viruca, me estoy dando un estironcito (ya sabes). Espero que estés sobrellevando bien este mes tan difícil para ti. Llegará el día en que te canses de esa generosidad estéril que tienes con él y te dediques un poco a ti. Yo, genial. Me he quitado diez años, cinco en cada pata (de gallo). Si te decides, te hacen precio. Y para lo de las cartucheras que me comentaste, también. A ver si el año que viene. Bueno, cari, al menos, un consejo de amiga: no te abandones. Tu Bico».

Bicoca dice que no me abandone porque me conoce. Es que yo aquí en el campo, como no veo a nadie, paso. Bueno, veo a Evelio, pero ya ves, y veo a mi santo, pero no me voy a arreglar para sentarme delante del manzano. Sería de tontos. Total, que me entra una desgana. Me dejo de dar el tinte, que me salen unas canas que parezco una escritora de culto, y hasta se me olvida depilarme, y mira que yo para eso soy regular. Mi depiladora de Madrid (Paqui) dice que cuando paso un mes sin ir ya me tiene cogida la hora. Pero aquí ya ves, sin Paqui. Sin nadie. Bueno, me quito el bigotillo, eso sí, tampoco es cuestión de que nos empiecen a llamar en el pueblo Hernández y Fernández. Además, a mi santo, el estilo Patti Smith, como que no.

Así que cuando nos invita algún vecino a cenar, para mí, al menos, supone un acicate. Me maqueo, me pinto el ojo y me pongo pendientes (se me están cerrando hasta los agujeros de las orejas), y además, está el aliciente de ver a mi santo sin la mochila de fumigación en la espalda. A veces tengo la impresión de que los vecinos nos invitan con demasiadas expectativas, piensan que somos gente de mundo y que les vamos a contar chascarrillos. No saben que a nosotros lo único que nos ha pasado en la vida, así fuerte, fuerte, es que se nos cayeron las Torres Gemelas. Hombre, no es moco de pavo, pero nos sacan de eso y ya no sabemos por dónde seguir. Ni sabemos cantar, ni los políticos nos invitan a su mesa, ni tenemos amigos famosos. Y encima, no somos lo que se dice graciosos, graciosos. Cuando acabamos de cenar mi santo empieza a hacerme gestos para que nos vayamos. Si me tiene cerca me da pataditas debajo de la mesa. Un día calculó mal y le empezó a dar en el pie a otra mujer y hubo un follón (pero eso lo cuento otro día). El caso es que los vecinos siempre nos hablan de un matrimonio supersimpático que vivía antes en esta casa antes de que nosotros la compráramos. Les llaman los Otros. Cuentan anécdotas de los Otros y se mean de risa. Al parecer, ella tenía una gracia loca y en carnavales se disfrazaba de mejillón y él hacía bromas mandando anónimos con denuncias falsas y tal. Nuestros vecinos hablan y hablan sobre aquella pareja y luego se quedan callados y suspiran y nos miran a nosotros. A mí no me importaría vestirme de mejillón por agradar, pero mi santo se niega. Dice que empiezas vistiéndote de mejillón y acabas yendo al Rocío. Ojalá mi santo hubiera salido a mi suegro: ése tiene un salero. A mi suegro no se le cae la casa encima, tanto es así, que cada vez que hacen una encuesta en Telepuerto (de El Puerto de Santa María, donde vive), sale mi suegro, y en la careta del programa local de Telepuerto sale mi suegro. Y mi suegro, si va a tu casa, por ejemplo, y le pones dos vinos y le cantas un pasodoble es que se le van los pies. Tú a mi suegro le dices que se vista de mejillón y se te viste. Yo, de verdad, sería una mujer animadísima (como la del mejillón), pero tengo un santo que no me secunda.

Mi suegro, en acción

Me llama mi suegra para decirme que ponga corriendo la tele, que mi suegro, no contento con salir en Telepuerto, ahora está saliendo por La Primera. Y, ¡pumba!, me cuelga. Me dio un vuelco el corazón, porque, como mi suegro tiene por costumbre irse a recortar mi artículo del periódico al Hogar del Pensionista, tuve el barrunto de que le habían puesto una cámara oculta las autoridades de Asuntos Sociales o que sus propios compañeros ancianos le habían denunciado públicamente. Será que estoy francamente afectada por el caso Winona. De hecho, yo antes tenía la mano muy larga; me llevaba saleros de los restaurantes, toallas de los hoteles, cucharillas de Iberia; en fin, me hacía un ajuar, porque yo, a este mi segundo matrimonio, me presenté, hablando en plata, con una mano delante y otra detrás. Claro que mi santo dice que desde que puso los ojos en mí se olió que yo era una buena inversión, y acertó. Pongamos que hubiera elegido a otra más guapa y menos ordinaria, ¡estupendo!; pero, en cuanto se hubiera pasado la pasión desatada, ¿qué habría quedado?: el hastío. En cambio, yo le doy una seguridad económica. Él me compara con las acciones de Pizza Hut: tú inviertes en esas acciones y no vas por ahí presumiendo de que has invertido en acciones Pizza Hut porque queda megacutre, pero, a la chita callando, vives como dios.

A lo que iba, que yo dejé de robar en cuanto tuve una posición pública; incluso antes, porque a mi santo, que nunca ha tenido ese vicio, le daba fatiga; a amigos como Rodríguez Rivero le entraban sudores al ver cómo me metía en el bolso los chinitos con el culito en pompa que te ponen en el Villamagna para que apoyes los palillos. Lo que yo les digo: esas cosas las ponen para que te las lleves. Descarado. Pero ya me estoy quitando hasta de los chinitos. No quiero verme como Winona. Tampoco desearía que mi suegro se viera en dicho trance. Le tengo advertido que modere su afición al delito menor, porque su comportamiento nos puede afectar, pero mi suegro no atiende. Hay mañanas que va al Hogar y, si ve que otro abuelo está con *El País*, se larga y vuelve por la tarde. Lo que a él le excita es ahorrarse un euro. La cosa es así: saluda a los abuelos que están jugando al dominó, coge el periódico, hace como que lo lee, mira a un lado y a otro, recorta mi página, se la mete en el bolsillo, vuelve a saludar a los abuelos del dominó y sale a la calle como si llevara un cupón premiado. Dice que su pensión sólo le da para comprarse el periódico los domingos, que si yo escribo todos los días le desequilibro el presupuesto y se ve abocado a la delincuencia. Yo me pongo el programa *Gente*, que soy una adicta, porque salen casos de abuelos a los que les construyen delante de su casa y no pueden ni abrir la ventana, o de abuelos que hacen taichi o parapente, o de abuelos que no pueden bajar a la calle y se comen al gato, o de abuelos que quieren cambiar de sexo; casos que a mí, como socióloga, me interesan, pero siempre estoy con el come come de que un día uno de los reportajes en profundidad será sobre mi suegro. Y ese día mi santo se va de España. Total, que con la mano temblorosa cogí el mando y puse La Primera como me dijo mi suegra. Plaza de toros de El Puerto de Santa María. Torea Ortega Cano. Sacan un primer plano de Rociíto. Otro primer plano de Fidel.

Y el tercero, de mi suegro. En primera fila de barrera. Tan flamenco. Lo llamé por la noche: «Vaya pedazo de entrada que tenías». Y me dice: «Qué va, nena; mi entrada era de las baratunas, pero fui saltando una valla y otra valla hasta que me coloqué el primero, nena, que me daba en la cara el rebufo del toro al respirar y to'». Me gustaría que le vieran ustedes la cara a mi suegro: parece que no ha roto un plato.

Mi suegro es peludo, suave, tan blando por fuera que se diría de algodón.

Lluvia de estrellas

Yo conocí a mi Paquito Valladares cuando era muy pequeña, o sea, cuando tenía veintitantos años. Mi Paquito y yo salíamos todas las tardes de Prado del Rey, donde trabajábamos haciendo el payaso, y cruzábamos la Casa de Campo. Fíjense si hace tiempo que aún no había llegado la prostitución internacional. Entonces sólo había unas jaquetonas de andar por casa y un putorcio al que llamábamos Manolo. Manolo llevaba minifalda el pobre y todo el pelo se le concentraba en las piernas, porque en la cabeza Manolo andaba más bien escaso, tenía unas cacho entradas el hombre que le daban un aire, ahora que lo pienso, a Juan José Lucas. Con las mismas cejillas esas que tiene Lucas, que se le caen para abajo, pues igualito Manolo. Mi Paquito y yo íbamos cantando en el coche canciones de revista: «No me gustan los hombres por guapos, / ni que tengan un tipo cañón; / el que lleven el pelo ondulado / no ha llegado a llamar mi atención. / Solamente una cosa hay en ellos / que a mí me hace una gran ilusión, / solamente una cosa, ¡una sólo!, / y es que tengan de nombre Ramón», y cuando veíamos a Manolo tocábamos el pito y Manolo nos saludaba levantando el bolso (a Manolo le hubiera pegado más la riñonera). Pero un día Manolo desapareció y el mundo cambió radicalmente: Manolo dejó la calle y yo dejé la tele, llegó la prostitución extranjera, vino la Expo, Curro, la Infanta se emocionó viendo a su hermano en las Olimpiadas casi tanto como viendo a Bustamante en Las Ventas, y yo me quise hacer escritora de culto. El mundo dio un vuelco, sí, y todo eso por culpa de Manolo. Coño, Manolo, qué poderío. Manolo era como la conjunción de los astros. Así lo veo yo. Paquito lo ve igual. ¿Qué hubiera sido de nuestra vida si Manolo hubiera seguido de puta? Tal vez yo no estaría aquí. Ahora seguiría en los medios, como Leticia Sabater o más.

Lo que sí permanece es la amistad con Paquito. Es que es el único hombre que conozco que ha hecho revista, y eso me arrebata. Todos los agostos, mi Paquito nos invita a cenar. Nosotros sabemos que es por su cumpleaños, pero ese tema no se toca. Es doloroso. Cuando yo conocí a Paquito, él era muchísimo mayor que yo, pero ahora yo me estoy haciendo mucho mayor que él. España envejece, y Paquito, tan fresco. Aunque la otra noche me tranquilizó; me dijo que de momento no me tenía que retocar nada, que dentro de un año, cuando me hiciera falta, con las mismas, me lo diría. Y Paquito no sólo no miente, sino que, si hace falta, te acompaña hasta el quirófano. Ya lo ha hecho por otras.

Fuimos a un restaurante que hay por aquí de gambas que para que te den mesa tienes que llamar un mes antes, como al restaurante de Robert De Niro en Nueva York. Pero mi Paco llamó al Emporio de la Gamba y le dijeron que para él lo que hiciera falta, y entramos al Emporio bajo palio. En eso se diferencia un escritor-a de mi Paquito, que él es famoso de los que consiguen mesa. Luego vino a casa y me dijo: «Pues tampoco está tan mal la casita, hija». Le entraron melancolías de cómico antiguo y nos contó que, cuando era pequeño, era tan pobre que en la noria de Narváez le dejaban montarse de contrapeso porque tenía un culo importante, y en los caballitos le dejaban empujar. Cuando Paquito era niño, los carruseles no tenían motor. El otro día, yendo a Tele 5, Paquito vio la noria en la que hacía de contrapeso en un descampado. Se sintió como Charlton Heston ante la Estatua de la Libertad en *El planeta de los simios*. Son hechos que te marcan. Como cuando Manolo nos dejó.

Luego, mirando la lluvia de estrellas, me dijo que nunca le sacaban en *El País* porque no es un moderno de La Fura dels Baus. Y le dije, Paquito, ya te saco yo. Luego me preguntó: «¿Tú, de qué te quieres morir?». Yo le dije: «No sé; así, de pronto...». Y él me dijo: «Yo, de un infarto, porque no te deformas». Lo encuentro ideal.

Mis adorables sobrinos

A mí lo que me pasa es que me doy muy poca importancia. Hablo públicamente de mis faltas de ortografía y, lo que dice mi santo, así me va. Pero voy a cambiar. Por ejemplo, voy a tirarme un poco el rollo: he recibido un correo electrónico de un doctor en psiquiatría, que dice que se lee todos mis artículos y que quiere escribir un libro en el que salgo yo. El libro se va a llamar *Literatura y trastorno mental*. Resulta que este doctor quiere dirigir el año que viene un curso sobre dicho tema en una universidad de verano y que yo le acompañe. Le he contestado que yo qué voy a decir, que no tengo ni idea de psiquiatría (mi santo dice que de literatura tampoco) y me ha dicho que no me preocupe, que él lee su conferencia y que yo mientras puedo estar a mi aire, yo de florero. A mí me ha dado buen rollo este doctor, lo veo interesado de verdad en mi trabajo, y eso te pone el ego como una moto. Ah, y otra cosa importante que me ha dicho: esto sería una forma de introducirme en esas universidades que me dan la espalda.

Esto para que vean el tipo de lectores que me estoy ganando. El doctor dice que todo este invierno quiere trabajar conmigo mano a mano. Quiere que le hable de mi familia y que le enseñe ese test psicológico que me hicieron en el colegio y que mi padre protestó. Bueno, primero me echó la bronca porque le decepcionó mi cociente intelectual y luego fue al colegio y dijo que como no me subieran el cociente no pagaba el test. Y me lo subieron.

El doctor me ha preguntado, para empezar, que si tengo hermanos y que si eran como yo. Claro que tengo hermanos, le he escrito. Tengo uno que siempre viaja con su olla rápida y el libro de instrucciones. Ahora, por ejemplo, se ha ido a Roquetas de vacaciones y se ha llevado la olla. Me mandó una postal y me lo decía, que no se gastaba nada en restaurantes gracias a que se había llevado su olla, y que por las noches se iba al karaoke, se pedía un Magno, y veía a los ingleses, pelados y rojos, cantar por Cliff Richard y que qué más se le puede pedir a la vida. Ése es uno. Luego tengo otra que es muy cariñosa y le puso a su perro el nombre de mi hermano (el de la olla) y no sabes nunca si te habla de mi hermano o del perro. Y luego uno más, que dice que cuando le preguntan sus compañeros de empresa si yo soy su hermana, él contesta que para nada. Este hermano tiene la tira de hijos. No sé cuántos son realmente porque siempre se están moviendo y porque son todos iguales. El otro día se iban a ir a la Warner pero me llamó para decirme que venían a mi casa porque les salía más barato. Son como una manada, entran a una casa y se comen todo lo que haya, del jamón a los chococrispis. Mi santo se puso nervioso, la verdad, porque cogían tomates de la mata y se los comían a bocados. Se comieron todos los bollos, dos melones Víctor Manuel, los quesos, el chóped, y mientras comían, jugaban al pimpón, se tiraban a la piscina, con mi hermano y su mujer, y nadaban como locos de un lado para otro. Y mi santo y yo fuera, asustados. Mi santo decía: «No sé si hacerles un vídeo familiar o un documental», porque parecían como una manada. Mis sobrinitos se comían los bocadillos de mortadela Mickey dentro de la piscina y cantaban a la vez que buceaban. Cuando vieron que la despensa estaba vacía y que ya hacía frío para bañarse se metieron al coche y se fueron cantando el *Aserejé*.

Yo le he dicho al psiquiatra que mis hermanos y yo no nos parecemos en nada porque yo ni viajo con mi olla, ni le pongo al perro el nombre de mi hermano, ni arraso con las despensas ajenas. Pero mi santo está empeñado en que somos clónicos. Y eso, dice mi santo, que todavía no conoce a tu padre; cuando lo conozca se lo lleva también para enseñarlo en la universidad. Fijo.

Desayuno con diamantes

He vuelto al Nesquik. Cuando empecé a trabajar, hace lo menos veinte años, lo dejé y me pasé al café con leche, para que mis compañeros no se rieran de mí cuando íbamos a los bares a practicar el absentismo laboral, pero ahora que estoy inmersa en este proceso de perder la vergüenza, me doy cuenta de que me he pasado veinte años desayunando una cosa que no me gustaba. He vuelto al Nesquik. Y a los cereales. Concretamente, al All-Bran, que regula magistralmente mi movimiento intestinal. Me lo recomendó mi vecina tras la verja. Ya lo recomendaba hace tiempo en la tele la actriz Elsa Anka diciendo que con All-Bran ella, personalmente, obraba de maravilla (por cierto, lo que es la tele, cada vez que veo a dicha actriz pienso, irremediablemente, en lo bien que obra), pero el caso es que, para mí, lo que diga mi vecina va a misa, y lo que diga Elsa Anka me chupa un pie. Yo soy muy de los míos. Todas mis mañanas empiezan así: el tazón de cereales, el consabido movimiento intestinal, y la felicidad de saber que tanto mi vecina como yo estamos reguladas. Son cosas que sólo puedes compartir con otras mujeres, porque delante de los hombres la mujer mujer no habla de sus intestinos, vamos, finge como que los intestinos no existieran; por tanto, este artículo lo definiría como pura literatura femenina (a ver si me invitan a un congreso). Pero a lo que iba, estaba masticando mis cereales en la cocina (cada cucharada hay que masticarla cincuenta veces para que haga efecto posterior), y mi santo tomándose su café en el poyete. Esta costumbre mía de los cereales nos ha distanciado bastante. Dice que hago un ruido masticando que parezco una coneja. Y que desayunar con una coneja le perturba. Como verán, estamos entrando en esa fase encantadora de la convivencia en la que todo lo que haga el otro te molesta y se te ocurren con facilidad comparaciones animales, tipo: «Te estás poniendo como una cerda», «roncas como una morsa», etcétera.

Total, que estaba masticando el pienso este que desayuno, que me dan ganas de ponérmelo en un cacharrito como el de *Chiquitín* (mi *yorkie)* y comer con él en el suelo, más que nada por desayunar acompañada, y al tiempo escuchaba la radio. Estaba hablando un escritor sobre lo enriquecedora que es la lectura frente a otras cosas tales como consumir compulsivamente en los centros comerciales siguiendo la tiranía del mercado que nos convierte en individuos sin alma, alienados, en fin, en un asco de individuos. No digo qué escritor era por no significar y porque la verdad estas cosas las dicen tantos que es mejor que le pongan ustedes el nombre que quieran. Total, que para que vean el escaso efecto que tiene sobre mí que me den una charla: mientras el escritor denunciaba esos males que se ciernen sobre la masa, yo me puse a pensar en que cada vez era más feliz en este pueblo.

Sí, cada vez más feliz, ¿a qué se debía este cambio?, ¿me había amoldado, me emocionaba el cultivo de tomates, me excitaba casualmente mi santo con la mochila de fumigación a la espalda? No, todo eso seguía molestándome como el primer día. Mi felicidad se debía a que... ¡han abierto un Hiperchollo en el pueblo! Antes del Hiperchollo, pasear era como una rutina insoportable, pero, ahora, mis pasos tienen un destino: el Hiperchollo. Me he comprado: una vaca de plástico para meter los bastoncillos de las orejas, un hule de frutillas que me retrotrae, un felpudo que pone «Benvinguts» (no quedaba en castellano), una campana para llamar a mi santo a comer o a pernoctar o lo que se tercie, y dos palanganas, una con la cara de Bisbal y la otra de Chenoa. Estas pequeñas cosas, como decía Serrat, que nos dejan un tiempo de rosas. Pero, cuidado, si me hacen una entrevista yo me declararé en contra de los centros comerciales, aviso. Como cualquier escritor de culto. Nos has jodío.

El resplandor

Mi santo ha escrito un texto. Se metió en el despacho en el que agranda su obra y pim pam, se puso el tío, oyes, y a la hora de reloj salió subiéndose los pantalones por encima del ombligo, que es un gesto que hacen mucho los hombres (machotes) cuando están satisfechos y me confesó que estaba exhausto. Dicho lo cual, se sentó en el poyete. Yo entré sigilosamente en su cuartillo para ver de qué se trataba y me quedé muerta: era una postal. Para la niña, que está en un campamento. A continuación transcribo el contenido: «Hola, corazón de mi alma. Hoy he hecho canelones y me he acordado de lo que te gustan y se me ha hecho un nudo en la garganta. No crezcas demasiado que luego sabes que me impresiono. El manzano ya es más alto que Elvira. El año que viene será como tú. Pásalo bien y come, aunque la comida no sea tan rica como la que te hago yo. *Chiquitín* ha ido esta mañana a tu cuarto y se ha dormido encima de tus chanclas. Ya está sonando el móvil de Evelio en el váter. No te olvides de tu pobre padre». Verdaderamente, no se podía decir que se hubiera matao. Le abrí el diario por si era ahí donde había volcado su caudal creativo. Transcribo el contenido: «Estoy en mi despacho escribiendo una postal a la niña. He hecho canelones y mientras los cocinaba la echaba de menos. Es meterme al despacho y sonar el móvil de Evelio, manda huevos. Me voy al poyete». No me negarán que no es preocupante. Lo encontrarán exagerado, pero me recordaba un poco a cuando la mujer de *El resplandor* descubre que su marido, Jack Nicholson, lleva escribiendo la misma frase todo el invierno. Será que he visto muchas películas, pero a mí la gente de mi familia enseguida me da aprensión. Les cojo susto. Y como me obsesione me acuesto en la cama con el móvil debajo de la almohada y teniendo marcado el teléfono de la Guardia Civil, porque dormir sola con un hombre en mitad del campo, aunque sea tu santo, es siempre un riesgo. Que las criaturas estamos muy mal de las cabezas.

Total, que salgo al jardín y lo veo ahí, en el poyete. Voy y le digo, como de pasada: «Cariño, ¿has agrandado tu obra?»; y me dice: «Pero qué coño voy a agrandar, por Dios, si es que no puedo vivir, si es que me has llenado la vida de operarios, si es que esto hubiera acabado hasta con Stendhal, que me vais a volver loco, que en cada rincón que me acoplo aparece uno por una ventana. Y el móvil sonando sin parar. Un día, te lo aviso, éste se traga el móvil mientras suena la canción de Bisbal. Y luego que me denuncie. Más tranquilo viviré en una celda de Soto del Real, fíjate lo que te digo, que se viene uno al campo a descansar y te crecen los Evelios».

Efectivamente, los Evelios se habían multiplicado. Había un Evelio en cada ventana. Cuando no le sonaba el móvil a uno («Ave María, cuándo serás...»), le sonaba al otro («Corazón latino»), o a otro («Ellas, tan dulces y tan bellas...»). Evelio había llamado a sus cuñados y se habían puesto a pintar las verjas que dejó sin terminar el año pasado. Ya nos habíamos acostumbrado a que estuvieran de color naranja oxidado. Mi santo se levantó del poyete e hizo lo siguiente: le dio las llaves a Evelio, le dijo: «Evelio, éste es el número de la alarma, aquí se enciende el riego automático, hay un cocido congelado en la nevera, tome mi mochila de fumigación, sus niños pueden venir a bañarse en la piscina, aproveche las instalaciones y que pasen un feliz verano». Dicho esto y por primera vez en nuestra vida, me miró y dijo una frase histórica: «Me voy a Madrid, tú verás lo que haces». Me metí en el coche y no abrí la boca en todo el camino. Cómo me iba a atrever a decirle que en nuestro piso de Madrid están instalando el gas ciudad aprovechando nuestra ausencia. Me dije a mí misma, para qué adelantar acontecimientos. Y a la altura de Villalba me dormí.

Que trabaje Rita

No es coña, pero al llegar a Madrid ya teníamos dos mensajeros con el casco de la moto puesto esperando en la puerta y pegando timbrazos. Traían una invitación para diciembre de un acto en Alcorcón y una información sobre una escuela de letras que abre en octubre y me animan a que asista (como alumna). Gracias. Mi santo dice que las empresas de mensajería saben que los escritores, en agosto, o están en su cabaña perdida (o embarcación) agrandando su obra o en una universidad de verano contando sus viejas y entrañables anécdotas, y se ceban con nosotros porque saben, por el periódico, cada vez que vamos a pisar Madrid. A *Chiquitín* no le gustan los mensajeros porque *Chiquitín* odia a la gente con casco, a la gente con paraguas y a los travestones de la acera de enfrente. Les ladra y les muerde las piernas. Bueno, a los travestones les ladra *Chiquitín* porque tiene un alto sentido de la moralidad. Anoche salimos mi santo y yo a que *Chiquitín* miccionara y se fue embalao hacia ellos/as y se puso a ladrar como loco. Las chicas/os se subieron las faldas y le enseñaron a *Chiquitín* sus partes inferiores, que movían de derecha a izquieda. Tolón, tolón. Mi santo dijo, hay que ver en qué situación nos pone tu perro; pero como es un caballero se acercó a rescatar a *Chiquitín*, que seguía ladrando porque no podía tolerar dicho despelote. Yo oí que a mi santo le tiraban los tejos y le hacían precio porque le conocen de vista por ser el paseador de *Chiquitín*, pero mi santo denegó la propuesta porque, al igual que a Aznar, le gusta la mujer mujer. Por cierto, que una vez rescatado *Chiquitín*, seguimos nuestro paseo y nos encontramos con aquella travesti que conté una vez que le daba un aire a Rita Barberá (por su cardado violento) y dicha trabajadora de la calle me reprochó que al airear yo en mis escritos que había un cajero porno de Caja Madrid en el que se hacían prácticas de sodomía y felación, el jefe de la sucursal (moralista como *Chiquitín)* ha puesto una luz cenital más violenta que su cardado, y que en esas condiciones, «la verdad», dijo, «los clientes no se nos concentran y la cosa culmina en gatillazo». Y digo yo, seguía Rita, «que usted podría buscar un equilibrio entre contar una cosa graciosa y perjudicarla a una en su puesto de trabajo». «Eso mismo le digo yo», soltó mi santo, «mire usted mi caso». «Bueno», le dijo Rita, «su caso lo veo yo dramático, porque yo con buscarme otro cajero, vale, pero usted lo que tendría que buscarse es otro país porque en este ya no tiene intimidad». «Nada», dijo mi santo lanzadísimo, «intimidad, cero, yo salgo a la calle y desde Mariano, el que me vende el periódico, hasta usted, fíjese si se encuentra uno con personas, todos saben que me he venido a Madrid porque me están pintando las verjas, todos están al tanto de mi mochila de fumigación, que ha traído como consecuencia que me la estén pidiendo los vecinos cada dos por tres y no me gusta porque una mochila de fumigación es una cosa muy personal, y luego que todo el mundo está al tanto de que no escribo, y me llaman mis padres preocupados y mi editora, y yo le digo una cosa y créame, no escribo porque no me sale de los huevos». «Diga usted que sí», le dijo Rita, «un año sabático, yo me tomé uno cuando lo de la operación». «Ah, ¿está usted operada?», le dije, por cambiar el tema. «Sí, y a veces me arrepiento, porque las que se llevan el gato al agua son esas de ahí, que lo tienen todo al completo. Ahora mismo, yo no me operaba, porque yo tenía una polla...», dijo Rita, soñadora. «Hablaba usted de Nacho en sus artículos, pues a mí tampoco me cabía en un vaso de cubata. Le digo una cosa: dicen que si te cortan una pierna te sigue doliendo; pues a mí, cuando va a cambiar el tiempo, me duele la polla. Parecerá sobrenatural, pero es así». «¿Y qué tiempo va a hacer mañana?», le preguntó mi santo.

—¿Mañana? Cojonudo.

Omar conoce mundo

Omar Toorky (el niño guineano de Móstoles que nos adoptó a principios de verano) no había visto nunca la Gran Vía, hasta que yo le llevé la otra mañana. Bueno, me aclaró, he pasado muchas veces pero siempre por debajo. A Omar le suenan las calles de Madrid porque las ha visto en los rótulos del metro, pero lo que se dice por arriba, no ha visto casi nada. Me señala el cartel de Schweppes del edificio Capitol: «Mira de ahí se colgaba Santiago Segura. ¡Qué fuerte!». La admiración es hacia Santiago Segura (es su ídolo), no hacia el edificio, claro. Omar lo conoce todo por la tele. Entramos a Nebraska y dice que esa cafetería ya la ha visto en *Madrid Directo*. Nos sentamos en los taburetes. Le pregunto: «¿Te gusta desayunar en una cafetería?», y dice: «Ya te digo, lo que más». Pasa un rato mirándose en el espejo de la barra: «¡Cómo mola, parecemos dos funcionarios!». Me dice que los funcionarios siempre van en grupo a desayunar a las cafeterías y que él quiere ser funcionario. Le pregunto que cómo sabe las costumbres de los funcionarios y me dice que son cosas que él ha ido observando mirando a la gente en los bares. Ah. Dice que molaría ser funcionario ejecutivo, de los que llevan traje, concretamente de Telefónica, empresa en la que le gustaría llegar a ser presidente porque se gana una pasta. «El dinero y la simpatía es lo más importante», me dice; «por ejemplo, la señorita de matemáticas me ha suspendido y, sin embargo, es simpática». Y yo le pregunto: «¿Hubieras preferido que fuera antipática y que te aprobara?». Dice que no, «así de fundamental es la simpatía para mí». Omar, en un taburete de Nebraska, imagina que ya es un ejecutivo que invierte en la Bolsa de Nueva York (la Bolsa de Madrid le parece que no tiene ambiente). Dice que cuando sea funcionario se pedirá un cafetito con porras, pero de momento se pone ciego con un batido de chocolate, un donuts de chocolate. Omar felicita a la camarera porque el donuts «estaba exquisito».

Subimos a la radio (a la SER). A Omar le encanta la redacción aunque dice que ya ha visto redacciones como ésa en *Madrid Directo*. Luego le pido que sea bueno porque voy a hacer una entrevista a un psiquiatra, y me advierte: «A ver qué le vas a contar de mí». Le tranquilizo diciéndole que él no va a ser el tema de la conversación. Omar se queda en el control. Mi compañero, Sergio Castro, le pide, para que se entretenga, que me vaya avisando del tiempo escribiendo los minutos en un papel. Omar se lo toma tan en serio que me enseña el papel cada dos minutos y me pone un poco de los nervios, la verdad. Cuando termino la conversación con Castilla del Pino, Omar dice: «Me ha caído bien ese tío, es un buen hombre y un superdotado, como un niño de mi clase».

Después volvemos caminando por la Gran Vía. Me encuentro con unos amigos que le dicen, como si fuera Pinocho: «Omar, si eres de carne y hueso». Luego en casa me pregunta: «¿Por qué sabían que yo me llamaba Omar?». «Pues porque te he sacado en un artículo». «¿Y cómo han sabido que yo era el del artículo?». «Porque yo he contado muchas cosas sobre ti, cómo tienes la nariz, cómo tienes el pelo...». «De mi nariz no hables que no me gusta que está aplastá pa dentro, a saber las cosas que has dicho sobre mí». «Todo lo que he contado es gracioso». «Pero yo no quiero ser gracioso». «¿Y entonces qué quieres ser?». «¿Yo? Un tío legal».

Por la noche le llevamos a cenar al Iroco. Le preguntamos si le gusta y nos dice que sí, aunque ya había visto ese restaurante en *Madrid Directo*. Luego mira a mi santo, que está pensativo. Le pasa el brazo por el hombro y le dice: «En Madrid estás más tristón que en el campo. ¿Dónde está ese hombre que siempre nos alegraba con sus bromas?». «Omar», le dice mi santo, «eres el único que me comprende». «Es que conmigo puedes hablar de hombre a hombre», dice Omar, «de machote a machote».

Rociíto

No sólo nos adoptan niños, también nos adoptan animales. De vuelta al pueblo traemos en el Suzuki a un perro más. El perro al que mi hermana puso el nombre de mi hermano y que provoca una confusión continua. Mi hermana se ha ido de cachondeo el fin de semana y me ha dicho: «¿Dónde mejor va a estar el perro con ese jardín tan hermoso que tenéis?». Dicho esto, nos ha metido el perro al coche y se ha puesto a decir adiós con la mano. Lo malo de tener un jardín de doscientos metros cuadrados es que la familia se cree que tienes una granja en África. En los asientos traseros vienen sentados *Chiquitín* y *Lolo*. Mi santo está eufórico y se pone a 90 por la carretera de La Coruña. Los perritos están de pie, mirando por las ventanillas con las lenguas fuera. De vez en cuando mi santo hace un extraño, porque es un hombre que pasando de 60 pierde la noción, y los dos perritos se pegan un tortazo y se vuelven a levantar.

Mi santo viene haciendo planes para el futuro. Dice que este año nos tenemos que plantear el tener gallinas. Desde que hemos tenido un tomate le ha entrado el síndrome Michael Landon y desparrama bastante. Dice que sueña con el día en que pueda mojar pan en sus propios huevos (sic). También es verdad que la familia contribuye a esta locura agropecuaria que le ha entrado. Mi suegra, en una campaña que se cierne sobre mí, me cuenta lo bien que ella criaba los pollos y cómo los operaba: «Porque los pollos, nena, son muy ansiosos comiendo, y llega un momento en que se les queda el grano apelmazado en el buche; entonces, yo se lo abría con unas tijeras, se lo sacaba y luego se lo volvía a cerrar con un pespunte». Conociendo a mi suegra, no sería un pespunte, les cerraría el buche a los pollos con punto de cruz. También mi hermano, el que tiene no sé cuántos hijos, se mostró partidario. Mi hermano es de los que llevan de vacaciones a los niños a casas rurales de ésas. Este año, sin ir más lejos, les llevó a una casa del País Vasco y se enamoraron de la cerda que tenía el dueño y a la que había puesto un nombre, a mi juicio, extraordinario: Rociíto. Los niños, todo el día, Rociíto por aquí, Rociíto por allá. No sé qué pensaría Arzalluz, pero el dueño de la casa, tan *abertzale* como él, le había cogido tal cariño a Rociíto que había desistido de convertirla en chorizos y la tenía por el porche como a una vasca más. Contradicciones que surgen de pronto en el seno de la familia nacionalista.

Al llegar al puticlú (como llaman en el pueblo a nuestra mansión por el color, amarillo-pollo, por cierto), mi santo pegó un frenazo tal que no sólo los perros se cayeron; yo casi me dejo los morros. Y es que se lo tengo dicho: cuando estás contento, te atolondras. Nos metimos en la cama y él hizo unas maniobras de aproximación, salvando la separación entre los colchones. Por cierto, mi santo siempre está diciendo que por qué no donamos estos colchones a un matrimonio que se lleve todavía peor que nosotros. Pero fue empezar a tontear, que si cuchi, cuchi y toda la pesca, y *Lolo*, el perro al que mi hermana bautizó como mi hermano, empezó a subirse a un sillón y a lanzarse al suelo, tal vez rememorando los momentos de la autopista de La Coruña. Es cierto que *Lolo*, no diré la raza, en la lista que clasifica a los perros de mayor a menor inteligencia, ocupa el lugar 73° (de 74) y hay que comprenderlo, pero a las tres de la madrugada se te hace cuesta arriba. Me levanté e intenté razonar con él: «*Lolo*, no son horas para este juego, y además, nos desconcentra; déjalo para mañana». Y *Lolo*, por supuesto, ni puto caso. En esto mi santo gritó desde la cama: «¿Ves? Este tipo de problemas una gallina no te los da». Mientras yo intentaba tranquilizar a *Lolo*, mi santo se durmió y yo perdí una oportunidad histórica de subir la media de coitos en la Comunidad de Madrid. Y eso duele.

El que avisa no es traidor

Hagamos un poco de historia, porque, como diría Jesulín al hilo de una pregunta sobre Belén Esteban, los pueblos que olvidan su historia están condenados a repetirla. Cuando yo conocí a mi santo no me anduve con rodeos. A los tres días le cité en Moratalaz y le dije: «Éste es mi barrio». Dicho esto le subí a la casa de mi progenitor y se lo señalé: «Y éste es mi padre. Si lo quieres, bien, si no, puerta. Yo vengo en un *pack*. Tómame o déjame». Mi santo vio a aquel hombre vestido con pantalones de ciclista (se los compró por una hernia que tenía, luego le quitaron la hernia pero se quedó con los pantalones y hasta hoy) y una camisa abierta hasta el ombligo. Dicho ciclista sacó una botella de whisky y dos vasos, y dijo: «Hablemos de hombre a hombre». Mi santo pensó que le iba a preguntar: «¿Qué intenciones tienes con mi hija?», pero no, mi padre, durante dos horas, le dio una charla exhaustiva sobre la política de inversiones de Dragados y Construcciones. Al salir mi santo me dijo que se lo tenía que pensar. Por hacerse el interesante. Pero aceptó. Y empezamos a mover los papeles para casarnos. Porque a mí no me gusta estar con un hombre sin un contrato por medio, luego empiezan a llamarte compañera o cosas peores. Cuando estás con un hombre sin contrato, como por ejemplo, estoy yo con Evelio, te deja tirada a la mínima, como me ha dejado ahora Evelio por las fiestas vernáculas, que me lo encontré en la calle con una castaña importante y con un pañuelo rojo al cuello, porque acababa de venir de un encierro, y le dije: «Evelio, lo de usted no tiene nombre», y Evelio, mirándome las tetas, quería responderme pero no le salían las palabras y casi se cae de cabeza en mis pechos. Sólo acertó a decir: «Ave María, cuándo serás mía».

Pero a lo que iba, que mi santo aceptó y desde entonces tiene un suegro. Dicho suegro vino ayer a comer. Mi padre nunca se te presenta a comer de vacío: trajo una botella de vino dulce que le acababan de regalar y nos dijo que es que a él el vino dulce le parecía una mariconada; el año pasado vino con una ensaladera de cristal esmerilado que le habían regalado en el Banco, y el anterior con una aceitera que le había tocado en un sorteo del DIA. O sea, nos colma de regalos. Le tenemos que decir: «Papá, nos abrumas». Mi santo también le llama papá. Este año ha venido feliz de La Manga porque hay crisis hotelera y le han hecho descuento en el hotel, aunque a él siempre le hacen precio porque lleva nuestros libros dedicados al director y eso enternece a los directores. Este año no ha querido que yo los dedicara porque dice que los está dedicando él, que se siente partícipe. Para que vean si se siente partícipe: hace poco le paró una vecina para decirle que hay que ver lo lista que había yo salido y mi padre le dijo que el mérito no era mío sino de mi carga genética; y luego la señora añadió: «Aunque a veces no me gusta que se ponga tan ordinaria, hablando de pollas y tal, eso le resta valor». Mi padre le contestó que él no tenía por qué hacerse responsable de las taras de sus hijos.

Pero a mi padre lo mejor que le ha pasado este verano es que ha saludado a Sabino Fernández Campo. Todos los años coincidía con Sabino pero nunca se atrevía a saludarle. Le llamo Sabino porque es así como lo llama mi padre. Cuando volvía de La Manga nosotros le preguntábamos: ¿has saludado a Sabino, papá? Y mi padre decía que no melancólicamente. Pero este año la cosa ha dado el paso. «Es que la situación era ya insostenible». Sobre todo para Sabino, sospecho, que debía de estar alucinado con ese señor enorme de nariz enorme que no le quitaba el ojo de encima verano tras verano. «Éste es el principio de una gran amistad», nos ha dicho mi padre. Yo lo transcribo por si Sabino quiere buscarse otro lugar de veraneo. Que no diga Sabino que no le aviso con tiempo.

El bajonazo

Hay personas que tienen dependencia del teléfono móvil y hacen terapias para desengancharse. Yo estoy chapada a la antigua. Estoy enganchada al fijo. Tú vas hoy en día al psiquiatra del ambulatorio, que un día que estuve hablando una hora con Bicoca mi santo quiso llevarme, y le dices que estás enganchada al fijo y no te hace ni puto caso, porque sólo existe terapia para el móvil y te dice que la dependencia del fijo es una enfermedad de ésas no diagnosticadas. Yo sólo digo que en este campo donde mi santo me tiene secuestrada (aunque la jaula sea de oro no deja de ser prisión), cuando tiro de agenda y elijo una víctima a la que llamar es para tirarme siquiera una hora. Si no es así, como lo siento lo digo, no me compensa. Hay noches que me acuesto y me duele la oreja y tengo que dormir boca arriba, y como mi santo también duerme boca arriba, en esas noches tengo recuerdos del futuro, de cuando estemos los dos enterrados y venga gente de todo el mundo a tirarnos flores. El dolor de oreja es uno de los efectos secundarios de la dependencia pero, lo que yo digo, se sobrelleva.

Cuento esto porque ayer tuve un día duro. Les pinto el panorama: se puso a tronar a las cuatro de la tarde. Un frío, de verdad, inhumano. Lo bonito de la sierra, según mi santo, es que el invierno empieza a mediados de agosto. Eso los lugareños lo llevan a gala: que si aquí hay que ponerse chaquetita y que si la mantita. Muy bien, señores míos, quédense con su mantita, con su chaquetita, que yo quiero sudar, quiero gastar mis cremas de protección solar, que se me van a pudrir, quiero asarme viva. Pues eso, un frío que te cagas. Yo me puse a escribir con bufanda, como cuando con Franco. *Lolo*, el perro al que mi hermana puso como mi hermano y que nos ha dejado en casa indefinidamente, se puso a subirse y a tirarse de un sillón. Yo aprecio a los animales pero también digo una cosa, a mí me dejas un día de agosto en una casa de la sierra, lloviendo, con dos perros y mi santo, y abro el cajón de mi escritorio, saco un revólver, le pego un tiro al perro y empezamos a quitarnos de problemas. En un día de estos de invierno en pleno agosto las criaturas tenemos eximente porque se nos pone la cabeza que tendemos al asesinato múltiple. Ahí no quedaba la cosa. Del salón venía la música que estaba escuchando mi santo, *El Cuarteto para el Fin de los Tiempos*, de Messiaen, que lo compuso el hombre en un campo de concentración (más o menos el tipo de campo en el que yo me siento ahora, con perdón). No es por criticar a mi santo, no discuto que dicho Cuarteto no sea una obra excelsa, pero digamos que, mientras se oyen truenos, cae el agua por los canelones, como diría Evelio, *Lolo* se tira de un sillón y *Chiquitín* llora, porque le dan miedo las tormentas, no es el momento propicio.

Pero aún queda lo peor. Cogí el teléfono para combatir la locura transitoria charlando con una amiga, la que se ha liado con mi amigo impotente porque mi amiga dice que en la actualidad no se puede despreciar a un heterosexual aunque te venga con defectos de fábrica, y ambos mantienen una excelente relación sexual con un pene de látex de última generación que se han comprado y que, según mi amiga, es estupendo, porque funciona por electricidad pero se le pueden poner pilas y te permite más libertad de movimientos si, por ejemplo, te gusta el montañismo. Hablando de movimientos, tiene distintas velocidades, y eso siempre gusta. Total, que cojo el teléfono para hablar con esa pareja que está viviendo su luna de miel y que no funcionaba dicho teléfono. Me levanté de mi escritorio pensando así en abstracto en la mejor manera de suicidarme. Miré por la ventana y vi el manzano. Es que es un manzano del que no te puedes ni ahorcar. Vamos, yo me pongo una soga al cuello y me ato a dicho manzano y, ¿qué parezco? Pues una perra atada a un palo.

¡Madre ¿no hay más que una?

Ayer encendimos la lumbre y nos tapamos con la mantita de cuadros que nos regalaron los vecinos. Mi santo se puso cariñosón y me dijo: «Anda, tontorrona, qué importa el frío si estamos tú y yo aquí juntitos debajo de la mantita». Hicimos manitas debajo de la mantita y para de contar. Como dos hermanos. Me pregunto si las relaciones prematrimoniales de Anita y Agag serán así, un poco de calentura debajo de la mantita y para de contar. Pusimos un documental americano sobre madres lesbianas, inseminadas por amigos, que han tenido hijas que también les han salido lesbianas y que llaman a su padre biológico: el que puso la semilla. Y todas eran felices porque iban madres e hijas a la manifestación del Orgullo Gay y eso, quieras que no, siempre une, y el que puso la semilla también iba, porque también era gay y mi santo dijo que con esos antecedentes estaba cantao cómo iban a salir las niñas. Y luego, se veía a dichas madres lesbianas, un domingo, mientras sus niñas lesbianas se habían marchado de cachondeo con otras niñas lesbianas, dormitando una madre sobre otra, frente al televisor, tapadas con una mantita hasta la boca y viendo un documental. Serán tonterías, pero de pronto me pareció que los que salían en el documental que veían las madres lesbianas éramos mi santo y yo bajo nuestra mantita. A una de las lesbianas se le quedaba el bigote fuera de la mantita (le daba un aire a mi santo) y la otra era como más coqueta (de mi rollo). Mi santo cambió de canal porque dijo que le estaba dando yuyu y puso uno de esos documentales que le vuelven loco sobre el calentamiento del planeta y el fin de los tiempos. Lo que yo le digo, el planeta se estará calentando pero aquí, hijo mío, no se aprecia. Y me dijo, qué chiquilla eres, e hicimos de nuevo manitas, como Anita y Agag, y para de contar. *Chiquitín* se metió también debajo de la mantita. A mi santo no le gusta que se meta debajo de la mantita, porque dice que los perros toda la vida de Dios han estado en la calle atados a una cuerda (tiene una mentalidad rural), y porque de vez en cuando *Chiquitín* alivia su abdomencito debajo de la mantita y emana gases propios de un doberman, a qué negarlo. Entonces mi santo se pone de borde y levanta la mantita para ventilarla y echa a *Chiquitín* del sofá. Somos una pareja ideal, pues en lo tocante a *Chiquitín* nos acabamos rebotando. Mi santo se denomina a sí mismo Número 3 porque dice que en mi corazón el primer puesto lo ocupa *Chiquitín*, el segundo el niño y el tercero él. Yo le digo que no, que él está en el mismo puesto que mi niño, el 2, porque para mí la vida en pareja, desde aquí lo digo, es tan importante como la maternidad.

Mientras veíamos, helados de frío, el Planeta Azul calentándose, los polos derritiéndose, ese tipo de cosas que fascinan a mi santo, mis dos machos (Número 1 y Número 2) se me abrazaban. Número 2 me acariciaba la mano derecha y Número 1 me lamía la izquierda. Y *Lolo*, el perro al que mi hermana puso como mi hermano, subía y bajaba del sillón, cosa a la que ya estamos acostumbrándonos, pero, aun así, me gustaría mandarle a mi hermana, que estará de cachondeo en algún lugar del Estado, un mensaje desde esta Tribuna: «Llévatelo». No puedo llamarla por teléfono porque se me estropeó y Telefónica no viene a arreglármelo y mis vecinos me han dicho que lo denuncie públicamente en un artículo para que escarmienten, y yo les digo que al Defensor del Lector no le gusta que denunciemos asuntos personales que no le interesan a nadie. Pero mis vecinos dicen que eso es una tontería porque, al fin y al cabo, dicen, no sin parte de razón, «tú siempre escribes de asuntos personales que no le interesan a nadie, de *Lolo* subiendo y bajando de un sillón, de *Chiquitín* aliviándose, de mi santo y yo debajo de la mantita haciendo manitas y para de contar». Como dos madres lesbianas.

Hablemos de sexo

Debo de ser la única escritora del Estado a la que le gustan los adosados. Para mí, personalmente, esos doscientos metros que me separan de mis vecinos ya son demasiado. Por las mañanas, según desayuno mis cereales reguladores, salgo al jardín con *Chiquitín* y nos ponemos al lado de la verja a ver si sale mi vecina, y si sale, *Chiquitín* mueve la cola. Y yo, porque no la tengo, pero si la tuviera, la movería. En ciertos momentos me pasa como a la Rita, la transexual de mi calle, que echamos en falta dicho miembro. Mi vecina y yo le damos un repaso todas las mañanas a la actualidad más rabiosa, por ejemplo: la ingesta de semen. Es un tema, que quieras que no, cuando uno llega a tener un buen nivel de convivencia con unos vecinos, acaba surgiendo. Es el tema. Para mí, la doctora Ochoa fue una pionera, no me refiero en la ingesta de semen (en eso yo no entro) sino en normalizar dicha actividad. En realidad, a la doctora Ochoa todo le chupaba un pie. Recuerdo concretamente un señor que llamó desde Vilanova i la Geltrú para contar su problemática, que consistía en que cuando ese hombre estimulaba (con el mítico dedo medio) a su señora, su señora experimentaba una lubricación en sus partes íntimas tan extraordinaria que mojaba hasta el colchón, y tenían que poner unas toallas para preservar el canapé, con lo cual, cuando aquella mujer veía a su marido venir del servicio con una toalla, ya sabía sus intenciones. A mí me parece una lata esa manera de lubricarse, por lo caros que están los colchones y el engorro, pero la doctora Ochoa ponía la sonrisa enigmática y decía que cada cual tiene su idiosincrasia a la hora de lubricarse. Fue la primera que habló por la tele de la ingesta de semen, y ya te digo, sin cambiar el gesto, como si fuera Cristina García Ramos presentando *Corazón corazón*.

Pero no nos retrotraigamos en exceso: este domingo, Shere Hite («con ese nombre», como dicen algunos jueces, «es que va usted provocando») escribía un lúcido artículo sobre la ingesta, pero daba otra vuelta de tuerca que a mí, particularmente, como escritora y como esposa, me inquietó. Decía Shere que la mayoría de los hombres, aun adorando a sus santas, se masturbaban en el baño por las mañanas, o por ejemplo, si se da el caso de que la santa ese día se levanta antes y se va porque tiene un compromiso, pues el marido se dice a sí mismo: «Hoy es que ni me levanto al baño, hoy me hago una manola en mi camota», y dicho marido, tras crujirse los dedos de ambas manos, se pone al asunto, y dice Shere que hay que comprenderlo porque es la mar de natural. Y todo esto Shere no se lo inventa porque Shere se pasa el día preguntándole a la gente, al operario que viene a su casa, al portero, al dentista, a cualquier hombre que se cruza. O sea, que si yo fuera Shere Hite le tendría que preguntar hasta a Evelio, por poner un ejemplo recurrente. Y según Shere, a esos maridos, que te adoran pero se masturban a tus espaldas (un personaje de Torrente Ballester decía que nadie te da el toque final como uno mismo), cuando alcanzan el orgasmo les encanta ver su semen saltar por los aires porque así se sienten realizados y a veces hasta se lo acaban comiendo (autoingesta). Total, que es tal la inquietud que me ha entrado a mí con el tema ingesta que he empezado a sondear a mi vecina y a gente cercana como mi amiga, la que sale con mi amigo impotente, que me dijo: «¿Pero qué va a ingerir éste? Ya me gustaría a mí que tuviera algo que ingerir». En fin, que estoy haciendo un trabajo de campo porque a mí me da que eso de masturbarse y comerse el propio semen es cosa de los amigos de Shere Hite. Aunque de momento, estoy al tanto del tiempo que mi santo pasa en el servicio. Llamo cada dos minutos. Y le he dicho a Evelio que quite el cerrojo. Porque aunque yo creo que eso en España no pasa, ya te quedas con el come come. Y a mí guarrerías, ninguna.

Nuestros más y nuestros menos

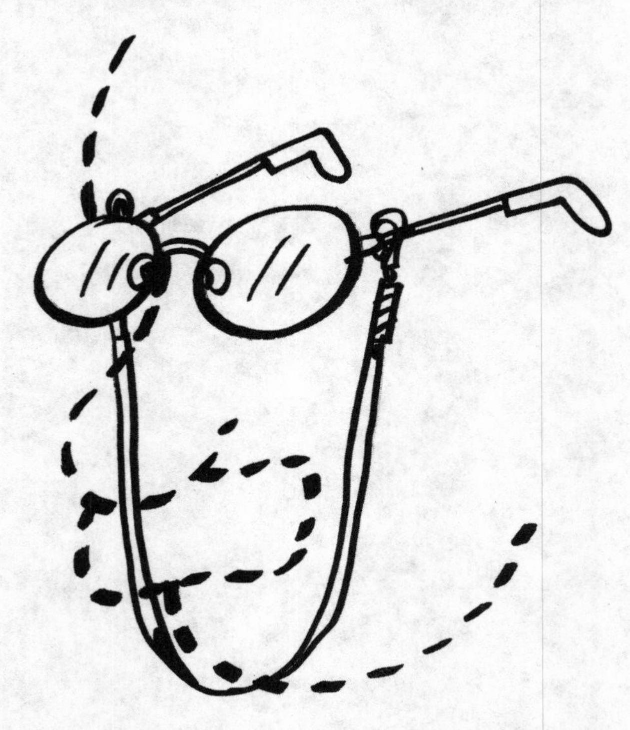

Si los artículos tuvieran banda sonora, ahora mismo estarían oyendo las carcajadas de mi santo, que ha tenido que sentarse en el mítico poyete para reírse a gusto porque, como lleva la mochila de fumigación a la espalda, ha estado a punto de perder el equilibrio. Lo que le hace tanta gracia es que hace un ratillo entra a la cocina y me pilla masticando sonoramente mi All-Bran regulador, que, por cierto, me escribe un lector concienciado para decirme: «anda que no deben untarle a usted las marcas porque sus artículos parecen un catálogo de El Corte Inglés». Abro un paréntesis para decirle a este simpático lector que ya me gustaría a mí que esas marcas tuvieran un detalle, pero qué va, lo hago de gratis, por amor al consumo. Del All-Bran sólo se lo llevó crudo Elsa Anka, que lo anunciaba en la tele, y lo hacía bien pero sin ilusión, igual que Coronado con el Bio, no crean ustedes que Coronado sale comiéndose un Bio porque se pasa el día comiendo Bio, no seamos ingenuos, él lo hace por dinero; en cambio, cuando yo hablo del All-Bran pongo el corazón en el asador, comparto con ustedes cómo regula mis funciones intestinales, y eso no lo hace ninguna otra escritora en España, y si lo hago no es porque sea una ordinaria como se comenta en círculos de poder, lo hago porque pienso que mi experiencia, aunque sea a nivel intestinal, puede ser útil. Honradamente, creo que el próximo anuncio de All-Bran lo debería hacer yo y el de Bio, mi santo, que come Bio en la intimidad porque el bífidus activo le pone como un torete. No somos Coronado y Anka, de acuerdo, pero tenemos nuestro público.

Perdonen este pedazo de digresión, lo que yo quería contar es que mi santo entró en la cocina y me vio rellenando un cupón que viene en los cereales y que tienes que rellenar y mandarlo y si sales ganadora te mandan un pareo y mola porque en la caja de cereales vienen distintas formas de colocártelo. Mi santo dice que soy una persona sin coherencia ideológica y que, porque en España no hay memoria histórica pero si la hubiera, muchos lectores me reprocharían que hace dos años (ver *Tinto de verano)* yo hice un artículo sobre las tontas del pareo cachondeándome de las que se tapaban el culete con el trapillo, y ahora, me dice: «Te pones a concursar por un pareo». Total, que me dio la charla. Es lo que pasa cuando tenemos a los niños en adopción, que no se puede desahogar con nadie y me da la charla a mí. Ah, pero yo no me callo. Tampoco él es un ejemplo de coherencia. Yo podría contar muchas cosas, por ejemplo: mi santo se ha pasado la vida cachondeándose de los tíos que llevan cadenilla en las gafas; cuando veía a un intelectual con cadenilla, decía: «Pero cómo te vas a fiar de un memo que lleva cadenilla». Todos los intelectuales que durante los últimos diez años han aparecido en la tele con cadenilla eran denominados en mi casa: los gilipollas de la cadenilla. Muy bien, pues hace un mes mi santo se puso gafas de cerca, porque es un hombre que va teniendo una edad, y se iba dejando las gafas, como diría Evelio, en los sitios más inhóspitos: en el poyete, dentro del libro de Simone Ortega, y otros sitios que no voy a nombrar. Total, antes de que ocurriera una tragedia, le compré en el Hiperchollo una cadenilla. Una cinta con caritas de Bustamante. No había de Vero, que es la que le gusta a mi santo. También le compré a *Chiquitín* un jersey con motivos tiroleses dado que hace un bris que corta el pis. Mi santo primero me dijo que se la ponía para no hacerme un feo. Tendrían que verlo ahora: está con su cadenilla que no mea. Dice que para cuando volvamos a Madrid le tengo que comprar una cadenilla de vestir. Ahí está en su (mítico) poyete burlándose de mi pareo, y yo aquí de su cadenilla y contándolo públicamente. A ver si vuelven los niños porque tenemos un pique, nos estamos poniendo más pesaos que las moscas.

¿Dónde estará mi carro?

Mi santo me dice: «¿Te acuerdas de cuando llevábamos a los niños dentro del carro?». No sé por qué pero siempre que estamos en el Carrefour tenemos brotes de melancolía. «Sí, cariño», le digo, «me acuerdo de cuando pisaban con sus botazas ortopédicas los huevos y el pan, y teníamos que dejar dicha docena de huevos y dicho pan y coger otros, y tú decías, estos niños son imposibles, y los bajabas del carro y entonces se nos perdían y teníamos que ir a megafonía y decían sus nombres por los altavoces y pasábamos muchos nervios porque pensábamos que los había secuestrado una mafia internacional y yo te decía, eso pasa por bajarlos del carro. Y al rato aparecían de la mano de un dependiente y les abrazábamos y les volvíamos a subir al carro y volvían a pisotear los huevos, pero ya no nos importaba porque éramos felices».

«Pero no nos dejemos llevar por la nostalgia, cariño, porque mañana los niños vuelven». Una vuelve en autobús a las dos, otro a las siete, otro a las cinco. Y mi santo y yo iremos con el Suzuki de una estación de autobuses a otra. Después de un mes estarán más altos, rozando la desproporción, tendrán las narices más grandes y no hablarán porque, de momento, habrán perdido la confianza. Y nosotros venga hacerles preguntas: ¿cómo lo habéis pasado, qué tal habéis comido? Y ellos mirarán por la ventanilla melancólicamente, como si vinieran de una vida infinitamente mejor, y contestarán con un sí y con un no. Entonces llegarán a casa y se lanzarán al teléfono. Llamarán a sus amigos y hablarán durante una hora dando hasta el mínimo detalle de cómo se lo han pasado. En otro momento les pegaríamos un grito para que colgaran, pero como acaban de llegar les admitiremos todo, para que nos vuelvan a querer. Quedarán con sus amigos esa tarde y antes de marcharse de casa se acercarán con una gran sonrisa, nos pasarán la mano por el hombro y se volverán comunicativos y sentiremos que vuelven a ser nuestros niños. Y entonces nos pedirán dinero. En otro momento les llamaríamos pelotas, pero ahora no, porque pagamos lo que sea porque nos vuelvan a querer. Nos dirán que si pueden volver a las dos de la madrugada, les diremos que de ninguna manera, que vuelvan a las once. Y se irán queriéndonos un poco menos. A las once llamarán para pedirnos si pueden quedarse hasta las doce y diremos que vale, y a las doce llamarán que si a la una. Llamarán cuantas veces haga falta a fin de volver cuando les salga de los huevos. Al día siguiente les dejaremos dormir hasta la una por ser el primer día que están en casa. Se levantarán muy cansados y se irán directamente en calzoncillos al sofá y se quedarán catatónicos. Mi santo les traerá porras y sin pronunciar una palabra se comerán siete cada uno. Mañana llegan. Hoy llenamos el carro de bollos industriales, papel higiénico y *packs* de crema para los granos y hacemos grandes planes educativos de cara a la vuelta de nuestros pequeños. Mi santo dice: «A su edad yo ya estaba en el campo»; y yo digo: «A su edad, yo ya hacía la comida». En nuestra calidad de ex niños explotados nos gustaría explotar a nuestros hijos, pero ellos se nos resisten. Mi santo me dice que yo soy como una madre siciliana, que me pongo a gritar como una loca pero luego les malcrío. Y yo le digo que él les da la charla, cuando lo que ellos necesitan son órdenes concretas. «Pues edúcalos tú, si eres tan lista», dice. Me duele que me diga eso y más cuando está sonando por los altavoces nuestra canción: *Sin miedo a nada*, de Álex Ubago, que es la canción que le gusta a la niña y por eso nos gusta a nosotros. Él se da cuenta, y para el carro (en los dos sentidos). Me toma por la cintura y me dice al oído: «El año que viene, en vez de tanto campamento bilingüe, que se los lleve Evelio a ver si los reinserta». Y dicho esto me da un beso (con lengua). Lo que yo digo, qué bonitas son las reconciliaciones.

Propósito de enmienda

No sé cómo irme. Yo soy como esas visitas pesadas que se pasan una hora despidiéndose y se te quedan en la puerta con el abrigo puesto sacando temas absurdos (que si dónde has comprado el halógeno del recibidor, que si el felpudo lo tengo igual y es de Ikea) y los anfitriones empujando suavemente para que te vayas porque están fundamentalmente hasta las narices de la visita y una vez que consiguen, sin perder la sonrisa, que la visita esté al otro lado de la puerta, dicen adiós y cierran bruscamente. Pero yo soy de las que vuelven a llamar al timbre para decir, por favor, despedidme de vuestro niño que es sencillamente encantador. Conste que a veces me doy cuenta de que fuerzo la situación porque a lo mejor estoy desarrollando el tema felpudo, y todos escuchan en silencio, y me largo un monólogo, y cuando me cierran la puerta en las narices, me quedo meditabunda y le pregunto a mi santo: «Oyes, ¿no crees que nos han echado de mala manera?», y mi santo dice: «Cariño, reflexiona, piensa que a lo mejor te estabas poniendo pelín recurrente, nos has tenido un cuarto de hora desarrollando el tema felpudo, y el tema felpudo, a mi entender, como escritor y como hombre, es limitado».

A mí siempre me remuerde la conciencia. Después de haber estado de visita pienso que he hablado demasiado y que me he pasado de graciosa. Y le pregunto mil veces a mi santo: «¿Me he pasado tres pueblos?». Y mi santo me dice: «Que te calles ya y que te duermas». Pero por la noche no me puedo dormir porque hago propósito de enmienda y me digo, la próxima vez me portaré mejor, la próxima vez seré una de esas mujeres que las sientas en una silla y ni se menean, y aunque odien a sus maridos nunca hacen un chiste sobre ellos. A mí me pasa lo contrario, hago chistes continuamente sobre los que más quiero, pero mi santo dice que eso ya lo sabía él mucho antes de que escribiera estas mamarrachadas, dice que nada más conocerme ya me vio en la cara que yo era muy chinche, pero dice que a él le gustan los riesgos. Mis hermanos dicen que lo que pasa es que es masoca. Es otra versión. La verdad es que soy así de toda la vida. Ya en la foto de la comunión, que salgo con un rosario haciéndome la creyente, tengo cara de estar pensando, ¿qué pinto yo aquí vestida de monja? Yo creo que soy así porque me quedé bajita y tengo complejazo. Me paso la vida mirando a la gente desde abajo, así que de alguna manera tengo que vengarme. Mi santo dice que con diez centímetros más hubiera sido completamente insoportable, que mi gracia está en esos diez centímetros que me faltan. En septiembre, que lo sepan ustedes, me pasaré el día preguntándoles a mis personajes: «Oyes, ¿no te enfadarías por aquello que dije?; oyes, que era de broma; oyes, ¿qué crees que habrá pensado la gente de mí?». Nuestros niños, como son muy cabrones y me conocen, me calientan aún más la cabeza: «¿Con qué cara quieres que vayamos ahora al instituto, crees que alguien nos va a tomar en serio?».

El otro día, íbamos a casa del abogado matrimonialista Luis Zarraluqui, y en esto que estaba allí Haro Tecglen y me preguntó al oído sumamente interesado: «Este año por fin os separáis, ¿no?». Desde aquí quiero tranquilizar a Haro, a Concha y a España: no nos separamos. Es una exclusiva que le cedo a *El País*.

Es más, mi santo quisiera hablar con el director para pedirle a ver si en septiembre me podrían dar alguna cosilla para tenerme entretenida. Es que dice que escribiendo me desfogo y que, como el toro después del rejoneo, estoy menos brava.

Vaya una despedida más larga. Si es que no sé cómo irme. Me iré con una frase que me dijo el niño Omar Toorky después de meterme una trola muy gorda. Yo le había dicho: «Omar, qué mentiroso eres», y él me contestó: «No soy mentiroso, es que tengo un problema con la realidad y la ficción». Pues yo tres cuartas de lo mismo, ya te digo.

Este libro se terminó de imprimir
en los talleres gráficos de Fernández Ciudad, S. L.,
(Madrid) el mes de junio de 2003